ブルーシート
Blue Sheet
飴屋法水
白水社

ブルーシート

目次

ブックデザイン　大岡寛典事務所
写真　飴屋法水

ブルーシート

いわき総合高校総合学科芸術・表現系列（演劇）第10期生アトリエ公演　上演台本

登場人物

アイリ
イズミ
シガタツ
ナツキ
ヒッチー
フミヤ
モモ
ユウカ
ユカ
レイナ

上演に向けて

離人症《りじんしょう》というのは奇妙な言葉だ
人から離れた時間
その人は
いったいどこで　何に
なっているのだろう？

しかし
この離人症という言葉が
僕には希望のように感じられるのは
なぜなのだろう？

それはおそらく
希望というのが

現在という時間から
いくばくか離れた
未来という時間を
現在の中に
併《あわ》せ持つことなのだと
感じるからだろう

10人の高校生たちと
ここと　少し離れたところを
往復してみる

この時間と　異なる時間を
この場所と　異なる場所を
この考えと　異なる考えを

僕らが
人をやめてしまわぬかぎり
僕らには
こうして往復するしか
手がない

校庭。

その校庭の隅《すみ》に、組まれている客席。

客席の前の地面が舞台なのだろう。

開演時間が迫っている。

舞台と思わしき地面を、制服姿のユカがウロウロしている。

地面の上には、教室の椅子《いす》が、１列に並んでいる。

誰も座ってはいない。

並んだ椅子の両脇には、教室のロッカーに詰め込まれているような、

生徒の私物《しぶつ》や部活の道具のようなものが、

まるでゴミ捨て場のように、無造作《むぞうさ》に積まれている。

それは小さな、がれきの山を思わせる。

ユカは、椅子の周囲を歩きながら、

何やら考え込んでるようにも見える。

開演時間になると同時に、携帯《ケータイ》の音がする。

ユカのポケットの中の携帯だ。

ユカ、携帯を手に、話し始める。

シーン0

ユカ

うんうん、あー、はいはい、
あ、はい、そうです、はい、
だからもう電話しないで、って言ったじゃん。
え？　だから話したくないんだって。
はい、話したくないです。
はい、声、聞きたくないです。
はい、顔見たくないです。
だからアドレス消せばいいじゃん、
ていうか、今すぐ消してください。
はい、全部、忘れてください。
忘れてください。
はーい、じゃ、さいならー。

ユカが話し終わる頃、ガヤガヤとした声とともに、
9人の生徒たちが、わらわらと入ってくる。
最後尾のヒッチー、人体模型のようなものを台車に乗せて、
ゴロゴロと押してくる。
10人とその1体、客席に向かって、1列に整列する。
ナツキ、全員に声をかける。

シーン1　生存確認

ナツキ　じゃ、人数確認しまーす！

全員　（順番に1人ずつ）　1、2、3、4、5、6、7、8、9、10……、11！

10人なのに、11、という声がする。
皆、声の方を見る。
もう一度、やりなおす。

全員　1、2、3、4、5、6、7、8、9、10……、11！

11、と言っているのは、ヒッチーの声だ。
どうやら自分が連れてきた、人体模型の代わりに答えているらしい。

ユウカ　ちょっと、何なのアンタ。
シガタツ　なんだよ11って。
フミヤ　俺たち10人じゃん。
ヒッチー　や、神経君《しんけいくん》！
全員　は？
ヒッチー　ほら、神経君！
ユウカ　何言ってんの？
ヒッチー　や、これ、
フミヤ　てか、それ神経じゃねーし。
ヒッチー　は？
フミヤ　神経じゃねーし。血管だし。
ヒッチー　えー！
フミヤ　血管だよ。これ動脈《どうみゃく》！　で、こっち静脈《じょうみゃく》！
ヒッチー　あ！
ユウカ　頭おかしいんじゃない？

フミヤ　てか、髪型おかしくね？
アイリ　おかしい！　髪型、最低！

ヒッチーの髪型は、たしかにおかしい。おかっぱである。

ヒッチー　や、この髪型は、俺のアイデンティティつーか、
ユウカ　ね、ヒッチーって男なの？　女なの？
ヒッチー　え！
アイリ　そうだ性別はっきりさせろー。
ヒッチー　や、それ以前！
全員　は？
ヒッチー　それ、以前！
フミヤ　意味わかんねー。
ヒッチー　細胞分裂！
全員　は？
ヒッチー　細胞分裂！

フミヤ　だから、意味わかんねー。

ナツキ　はい、はい、はい、もう一度、行きまーす。

全員　1、2、3、4………、

カウント、再び繰り返される。

人数確認のテーマが流れる。

音楽の中、人数確認は、何度か繰り返される。

繰り返されるたび、列からは、櫛《くし》の歯が抜けるように、

1人ずつ抜け、人数は減っていく。

抜けた者は並んだ椅子に着席していく。

最後に残ったのは人体模型とレイナ。

レイナは着席せず、やや離れた地面に寝転がる。

椅子に座った皆、転がったレイナの体を見ている。

どこからか、トンビの声が聞こえたような気がする。

シーン2　それ以前

人数確認のテーマと入れ替わるように、
おかっぱのヒッチー、なにやらオドオドと、きょどりながら、
恐る恐るレイナに向かって歩き始める。
レイナに向かってはいるのだが、
怖くて、これ以上は近づけない、というところで止まる。
語り始める。

ヒッチー　学校の帰り道……。
駐車場になりかけている、空き地のような原っぱに、
それは、ありました。
大きさは、ちょうど人間の子供くらいで、
それはかすかに、動いているようにも、見えました。

動いてないようにも、見えました。
それはただ、眠ってるようにも、見えました。

皆、椅子に座って、見て、聞いている。
モモだけは、居眠りをしている。
ナツキ、うとうとしているモモに、声をかける。

ナツキ　ねー、モモッチー。
モモ　ん？
ナツキ　モモッチはさあ、なんでいつも寝てんの？
モモ　え？　眠いから。
ナツキ　あー、眠いんだー。
モモ　眠いねえ。
ナツキ　モモッチさあ。
モモ　ん？
ナツキ　体、柔《やわ》らかいよね。

モモ　あー、柔らかいよー。
ナツキ　グニャグニャだよね？
モモ　そーだねえ、グニャグニャだねえ。

ヒッチーは、レイナに向かったまま、続ける。


ヒッチー　それは、人のようにも、見えました。

それは、動物のようにも、見えました。

それは、生き物のようにも、見えました。

それは、それ以前、のようにも見えました。

僕は、それが何なのか、目を開けて、よーく見た、見た、つもりだったし、一生懸命《いっしょうけんめい》、考えたんですが……、
それが何かは、わかりませんでした。

で、それを見ているうち、僕は、なんだか足がガクガクしてきて……、

ヒッチー、その場で、足が震えだす。

ヒッチー　つまり、とても怖《こわ》くなってしまって……、
つまり、それが、そいつが、
もしかしてなにか生きている、もの、だったとして、
それが僕より弱い生き物なら、僕は勝てるわけですが、
それが僕より強い生き物だったら、僕は負けてしまうわけで、
これはもう、早くそこから去らないといけない、去らないといけない、

しかしその足は、なぜかレイナに近づいて行く。

ヒッチー　去らないといけない、去らないといけない、去らないといけない、
去らないといけない、去らないといけない、と、
思ってるはずなのに！
気がつくと、僕はその、もの、の横に立って、
声を、かけて、呼び、かけて、
いるのでした。

ヒッチー、レイナのすぐ脇に立ち声をかける。

ヒッチー　おーい！　おーい！
君は、人間か？

レイナ、返事をしない。
ヒッチー、もういちど、呼ぶ。

ヒッチー　おーい！　おーい！
君は、人間か？

レイナ、ゆっくりと右手を上げ、空を指さす。
ヒッチー、驚愕《きょうがく》。
レイナ、ゆっくりと声を出す。

レイナ　あ、あのトンビは、私を食べようと、しているな。
ヒッチー　しゃべっ、たーっ！

ヒッチー、アニメキャラのように、大げさにのけぞりながら、後ろに吹っ飛んで行く。
レイナ、さらに声を出す。

レイナ　あ、電線に、凧《たこ》がひっかかっているな。
ヒッチー　つまり、人だったー！

ヒッチー、さらに、のけぞる。
レイナ、ヒッチーの顔を、ゆっくりと見る。

レイナ　違うよ、それは君の、勘違《かんちが》いだよ。
ヒッチー　勘違いですか！　僕、また勘違いですか！
レイナ　うん、そう、気のせいだよ。

ヒッチー　でも、君、しゃべってるし！
レイナ　しゃべってないよ。
ヒッチー　えー？
レイナ　だから、それは君の、早とちりだよ。
ヒッチー　えー？
レイナ　だって私は、それ以前だよ。
ヒッチー　………。
レイナ　私はもう、それ以前だよ。
ヒッチー　でも！　でも！　でも！
レイナ　そうですか。では、見なかったことにしてください。
ヒッチー　えー！
レイナ　私のことは忘れてください。

ヒッチー、呆然《ぼうぜん》と、しばらくレイナを見ている。
が、やがて諦《あきら》めたようにペコリと頭をさげる。

ヒッチー　サヨナラ。

ヒッチー、くるりときびすを返し去って行く。
2人の様子をジッと見ていたシガタツ、
椅子から立ち上がり、
がれきのように積まれた道具類の中から、
金属バットを引っ張り出し、それをひきずりながら、
ゆっくりとレイナに近づいて行く。
レイナの前まで来ると、
レイナのおでこに照準《しょうじゅん》をあてるように、
金属バットの先端《せんたん》を向ける。
レイナ、体を、こわばらせる。
シガタツ、ゆっくりと、レイナに向かって話しかける。

シガタツ　人は、見たものを、覚えていることが、できると思う。
人は、見たものを、忘れることが、できると思う。

シガタツ、それだけ言うと、バットを下ろし、去る。
去って行くシガタツに引きずられるように、
レイナ、地面から体を起こす。
シガタツを見送るレイナの髪が、風にそよいでいる。

シーン3　崖

レイナ　今日は、風が、冷たいな。

レイナ、あらためて地面に寝転がる。

レイナ　いつからだろう。
私は、この原っぱに寝転ぶのが、クセになった。
寝転ぶと、セイタカアワダチソウに、私の体は隠れ、
この世から消えてしまうことが、できるような気がしていた。
原っぱからは、学校の裏にある崖《がけ》と、
崖の上にある小さな家が、よく見えた。
地震で崩《くず》れたその崖は、この夏まで、
ブルーシートで覆《おお》われていた。

でも、夏休みが終わる頃、崖はコンクリートで覆われ、
ブルーシートは消えた。
この街では、あの大きな地震があってから、
いたるところに、ブルーシートを見かけるようになった。
ブルーシートが、なんで青いのかといえば、
空や、海が、青いからという、
ただそれだけの理由なのだと聞いた。

草の隙間《すきま》から、空を見た。
海のことを、考えた。

それから、ゆっくりと立ち上がり、
制服についた草をはらい、
私は、少し離れたところにある、私の家に、帰ることにしたのです。

レイナ、ひとりで去って行く。

入れ替わるように、ユウカ、
ブルーシートがあったという、学校の裏手の、崖を背にして、
鼻歌を歌いながら歩いてくる。
背中にギターケースを背負い、
胸に、たたまれたブルーシートを抱いている。
近づいてくる。

シーン4　ブルーシート

ユウカ、地面の中央まで歩いてくると、
そこに、ブルーシートを拡《ひろ》げ始める。
拡げたシートの上に立ち、足で、
シワを伸ばしたりしてみる。

ユウカ　横、5・2メートル、縦、3・1メートル。

ユウカ、ふと、シートの左半分の一点を指差す。

ユウカ　そこには、
ユカ　（離れたところから声をかける）おかえりー。
ユウカ　母が座っている。

母は、いつも座っている。

拡げたシートは、どうやら彼女が今、住んでいる、

家の広さと同じ大きさらしい。

ユウカ　座ってテレビを見ている。

私は、ここから学校に通っている。

ユウカ、左半分の隅を玄関に見立て、

ままごとのように、そこから入ってくる。

ユウカ　ただいまー。

イズミ　おかえりー。

ユカ　おかえりー。

ユウカ　ごはんいいやー。

ユウカ、シートの右半分、自分の部屋の位置、まで来ると、
天井《てんじょう》の蛍光灯《けいこうとう》をつける仕草《しぐさ》をする。
シートを囲み、それぞれの距離を取りながら、
ユウカを見ていた生徒たち、
ユウカの仕草を、順番に口にしていく。

イズミ　ユウカは蛍光灯をつけた。
フミヤ　蛍光灯をつけた。
イズミ　それからリュックを下ろした。
ユカ　いつものヒョウ柄《がら》のリュックだ。
イズミ　それからマフラーをはずした。
アイリ　赤い、チェックのマフラー。
イズミ　制服を脱いだ。
レイナ　制服を脱いだ。
イズミ　ポケットから携帯をとり出した
シガタツ　ユウカは携帯をとり出した。

イズミ　ユウカは指を鳴らしている。
ユカ　ユウカは指を鳴らしている。
イズミ　ユウカの指は、とてもいい音がする。
ユカ　とても、いい音がする。

ユウカ、黙ってギターケースを見つめながら、
指を、ポキポキと鳴らしている。
それが彼女のクセなのだ。
ややあって、ギターを取り出し、構える。
ボロン、と音を、出してみる。

ユウカ　私は、今夜も、ギターを弾《ひ》く。
この、小さな私の家で、私は、ギターを弾いている。
毎日、ギターを弾いている。
私が住んでた、あの家には、たぶん、もう、戻ることはない。
その理由は、今になっては、言いたくない。

　　　ユウカ、右半分に座ったまま、左半分を見る。

ユウカ　母は、向こうでテレビを見ている。
　　　きっと私より先に眠ってしまうだろう。
　　　私は、一人でギターを弾いている。
　　　今夜も、ギターを弾いている。

　　　ユウカのギターの音。メロディに変わる。
　　　ユウカの弾く、ギターにのせて、
　　　離れて見ていたフミヤ、校庭の脇に立つ、鉄筋の校舎を指さしながら、
　　　観客に向かって説明を始める。

フミヤ　そこに見える、その校舎には教室がありません。
　　　1年から3年までの教室が集まってるのは、
　　　北校舎っていう、裏にある方の校舎です。

その北校舎に俺たちが入ったのは、
この学校の入試ん時、そんとき一度きりです。
2年前の3月の、8日と、9日でした。
入試の2日後、あの地震がありました。
合格発表は、14日の予定だったんですが、
3月の末まで発表は伸びました。
地震のちょうど1ヶ月後、4月の11日です、
また、大きな余震がありました。
また、たくさん揺れました。
余震は、2日、続きました。
そんとき、北校舎の柱に、たくさんのヒビが入ったり、
ゆがんだり、校舎の脇に、デカい溝《みぞ》ができたりして、
結局、4月の25日に延期された入学式の時には、
教室のある北校舎は、もう入れないことになっていました。
それで最初のうち、近くの小学校の教室を借りたり、
そんで高校生うるさいって怒られたり、

皆、笑いあう。

フミヤ　体育館の中を、何個もこう、壁で仕切ったりして、
それが俺たちの、教室でした。
そんで1年の2学期になる頃、
そこに見える、2階建ての、プレハブの仮設校舎ができて、
そこに移ったわけです。
ここはもともと沼で、
この学校は、沼を埋め立てて、その上に立っているんですが、
その埋め立てたところが……液状化《えきじょうか》？
液状化っていうのは、地面がグニャグニャになる、ってことらしいんですが、
今も入れない北校舎は、
今年中には取り壊しが決まっています。

フミヤが観客に説明してる中、

レイナ、ユウカがギターを弾いているブルーシートに近づき、
シートの四隅をめくり、ギターを弾いたままの、
ユウカの体に被《かぶ》せるようにして、ユウカを包み始める。

フミヤ

俺たちは、今、高校2年です。
地震の年に、ここに入学しました。
俺が生まれたのは、1995年です。
俺たちが、ちょうどお母さんのお腹の中にいる頃、
神戸の方で大きな地震があったと、
話では聞いたことがあります。
そん時も、たくさん人が死んだと聞きました。
今度の地震でも、たくさんの人が死にました。

たくさん、人が、死んだ。
たくさん、家が、無くなった。

でも、俺に言えることは、
とりあえず、俺は、死んではいないということです。
皆の目の前に、ブルーシートで包まれた物体がある。

フミヤ　俺たちは死んではいません。

それは、もう、ユウカには見えない。

シーン5　誕生日

椅子は、ばらけて置かれ、いつもの教室の風景に戻る。
休み時間か。
めいめいが、座って雑談をしている。
その中で、アイリ、不自然きわまりない様子で、シガタツに近づく。

アイリ　あの！
シガタツ　え？
アイリ　あの！
シガタツ　え、俺？
アイリ　誕生日、おめでとうございます！
シガタツ　は？　なに言って……
アイリ　誕生日、おめでとうございます！

シガタツ　いや、俺、誕生日、4月9日だし。
アイリ　え？
シガタツ　だから誕生日、ぜんぜん先だし。
アイリ　え！　じゃあ、シガ君、まだ生まれてない？
シガタツ　は？
アイリ　まだ生まれてない？
シガタツ　生まれてます。
アイリ　あ、じゃ、はい、これ！
シガタツ　は？
アイリ　ケーキ！
シガタツ　あ？
アイリ　それからこれ！

がれきの中の、美術部の誰かが描いたのだろう、犬の油絵を渡す。

アイリ　犬！　ワン！　ワン！

シガタツ　は？
アイリ　プレゼント！
シガタツ　いや、これ誰かの絵だし。
アイリ　え！
シガタツ　これ、ずっと、そこにあったじゃん。
アイリ　はい！　じゃ、手品やります！　はい、ハート出ました！
シガタツ　…………。
アイリ　好きです！
シガタツ　は？
アイリ　つきあってください！

周囲の皆、ひやかす。

シガタツ　やです。
アイリ　つきあってください！
シガタツ　なんで、お前とつきあうんだよ。

アイリ　それはあなたのことが、好きだから！

周囲の皆、ひやかす。

シガタツ　な、わけねーじゃん。
俺は別にお前のこと好きじゃねーし、
ていうか、お前だって俺のこと、ぜんぜん知らねーし。
アイリ　名前は知っています！　シガタツヤ！
シガタツ　名前だけじゃん。
アイリ　ほかにも少々！
シガタツ　少々じゃねーよ！
アイリ　だめですか？　知らないと？
シガタツ　あ？
アイリ　私は、よく知らない、あなたのことが、大好きです！
ですから知らないまま、よく知らないまま、
２人は、つきあってしまいませんか？

シガタツ　……やだ。
アイリ　…………。
シガタツ　もう一度、言う。やだ。
アイリ　えーっと、それは、えー。
シガタツ　あー、なんか俺ハラ立ってきたわ。
お前さ、何、勝手なこと言ってんだよ。
いい？　だから俺は、お前と、しゃべったことも、あんまねーし、
だからお前のこと知らねーし、だから、ぜんっぜん好きじゃねーし。
つきあわねーし！
な？　ほら、俺、背、高いし、お前、チビだし！
ていうか、そもそも俺は、誰ともつきあう気ねーし！
ひとりでいたいし！
俺のこと、知りもしねーのに勝手なこと言われたくねーし！
アイリ　と、こんな風に言ってた、シガ君と私は、
この3年後、つきあうことになったのです。
シガタツ　は？

アイリ、シガタツに向かって話しながら、どんどん後ずさり、
あの、崖を背にしたあたりまで離れていく。

アイリ　そして２人は、よく知らないまま、結婚し、
よく知らないまま、一緒に暮らすことになりました。
やがて、よく知らない２人のあいだに、子供ができました。
さて、子供ができた私のことを、やっぱりシガ君は、よく知りません。
生まれた子供のことも、よく知りません。
生まれた子供も、お父さんのことを、よく知りません。
知らないまま、それでも、すくすくと育って行きました。
こうして、よく知らない２人は、よく知らない子供を３人も育て……、
やがて、よく知らないまま、仲良く、年をとっていきました、とさ！
シガタツ　なんだそりゃ。
アイリ　シガ君の一生！
シガタツ　は？

アイリ　お前の一生だー！

シガタツ　…………。

アイリ　私が占いました。これ、かなーり当たってると思うんですよね。だから、だからよ、なんで俺のことが、お前にわかるんだって言ってんだよ！

シガタツ　わかんないよ！　私にシガ君のことがわかるわけないじゃん！　バーカ！

アイリ　でもさ、じゃあ聞くけどさ。あんた自分のこと、わかってんの？

私はさ、私はシガ君のこと、
わかんないよ、よく知らないよ、でもさ！

自分のことだって、よくわかんないし、知らないんだって！

だから！

私がシガ君のことわかんない分量と、私が私のことわかんない分量が、
同じだって言ってんだよ！

わかる？　私には、それだけが、わかるんだよ。

だから、知ってるとか知らないとか！　わかるとか、わかんないとか！

そーいうことで、ものごと決めんじゃないって言ってんだよ！　バーカ！

アイリ、再び、シガタツの前に走って戻ってくる。

アイリ　そんなこともわかんないなら、
今までアンタは、その目で何を見てきたんだよ！
自分の顔か？　その、ちょっとかっこいい自分の顔か？
自分の顔を鏡に映して、それでなんか、わかったかよ！

シガタツ、黙る。
しばらくして、冒頭で、地面に寝ていたレイナにしたのと同じように、
アイリの顔に向かって金属バットを向ける。
アイリ、動きを止める。

シガタツ　ひとつだけ、俺に、言えることがある。
俺は、この目で見たものを、
覚えてることができるし、
忘れることができるんだ。

鏡に映った、今のこの俺の顔を、
俺は覚えていることも、忘れることも、
できるだろう。
今から、俺が、このバットで、お前の顔をグチャグチャにしたとして、
そのグチャグチャのお前の顔を、
俺は覚えていることもできるし、
忘れることもできるんだ。
俺が原っぱで見かけた、
あの、人か、動物か、よくわからねえ、
腐った、あのひどい匂《にお》いのする、
ひどい匂いのする肉の塊《かたまり》のようなもの。
大きさも、重さも、数もわからねえ、
1人とか、2人とか、数えることもできねえ、
あの…………。

シーン6　眠る練習

モモ、がれきの中の鏡に、自分の姿を写し、見つめている。
ナツキ、そんなモモを見ている。

モモ　私はさ、練習、してるんだよね。毎日、毎日、練習をしてるんだよね。
ナツキ　ああ、お母さんと？
モモ　ん？
ナツキ　あれでしょ、エアロビ……。
モモ　違うよ、そんなんじゃないよ。
ナツキ　ん？
モモ　私が寝てばっか、いるって話。
ナツキ　あー。
モモ　だって、あれでしょ？　いつかさ。

ナツキ　ん？
モモ　ずーっとさ、眠るときが、来るわけじゃん。
だからさ、その日が、来るまでさ、私はさ、
毎日、毎日、私はさ、
こうやって、練習、してるんだよね。
ナツキ　…………。

モモッチ、その場でいきなり、きれいな側転を、4回、決める。

モモ　今はさ、私の体、こーんなに動くじゃん、ね？
わかんないよね、こーんなに動く体がさ、
いつかさ、だんだん、動かなく、なってさ、
いつかさ、どんどん、動かなく、なってさ、
いつかさ、ぜんぜん、動かなく、なってさ、
それで、そのまま眠っちゃうんだって。
ナツキ　…………。

モモ　ね？　信じられる？　夢も見ないなんてさ。
いくら寝ても、夢も見ないんだよ
ミー君の夢も、たえぴーの夢も、上田さんの夢も、
私が見てる、この毎日の、くだらない夢の数々をさ、
見ないで、どうやって寝たらいいんだろう。
信じられないよ。
ナツキ　…………。
モモ　信じられないよ。

シーン7　灰色の猫

全員が、椅子に座っている。

ユカ　信じられる?
イズミ　なにが?
ユカ　だってさー、親猫の色は、真っ白なんだよ?
なのに、子猫の色は真っ黒なの。不思議じゃない?
イズミ　えー、それ、だって、親の片方が黒だったんじゃないの?
ユカ　え、まーそーだけど。
イズミ　じゃ不思議でもなんでも、ないじゃん。
ユカ　そんなことないよ、え? だってさ、じゃあ、だってさー、
黒人と白人が結婚したら、生まれた子供は、黒か白に、わかれるわけ?
もう一個の色は、どこ行っちゃったの?

イズミ　あー。
ユカ　ね？
イズミ　あー、確かに。
ユカ　それ変じゃん、普通、色、混ざるじゃん。
だから、黒猫と白猫の、その子供は、灰色になると思ったんだよ！
イズミ　バカじゃないの？
フミヤ　お前、灰色の猫なんて、いるわけねーじゃん。
アイリ　えー、いるよー、ほらシャム猫とかさ、ロシアンブルーとかさ、灰色じゃん！
フミヤ　バカ、それは灰色っていうか、種類が違うじゃん、ぜんぜん。
お前んち猫、ただの日本猫じゃん。
ユカ　なによ、ただの、って。じゃアンタだって、ただの日本人じゃん。
ヒップホップー、とか言ってるけど、日本人じゃん。
フミヤ　あー、そうですよ。俺は、ただの日本人ですー。
ユウカ　あれ？　ヒッチーの親って、中国人じゃなかったっけ？
レイナ　違うよ、中華料理屋やってるだけで、中国人じゃないって。
ヒッチー　え？　なになに？　俺が宮藤官《くどうかん》九郎《くろう》に似てるんじゃないか説？

ユカ　もー、ヒッチーの話じゃなくてこれ、うちの猫の話なんだけど。
ユウカ　猫？
ユカ　だから灰色の猫が欲しかったのに、黒い猫になっちゃったの！
ナツキ　いーじゃん黒で、うん黒かわいーよ。
ユカ　えー、じゃあ飼う？
ナツキ　飼わない。
ユカ　もー。
イズミ　ねーねー猫じゃなくて、ヘビの話しない？　ヘビ！
ユウカ　え？　なんでヘビ？
イズミ　だってヘビかわいいじゃん！
全員　えー！
フミヤ　かわいくねえでしょ。だってヘビでしょ。
イズミ　かわいいよー。
フミヤ　だってニョロニョロしてんじゃん！
イズミ　えーニョロニョロしてるからかわいいんじゃん。
こーさー、手とかに巻き付くんだよ、ニョロニョロニョロ〜って。

全員　げー！
イズミ　あとさー、あの目がいいんだよねー。つぶら、っていうの？
　まん丸で、クリっとしてて。
フミヤ　クリっとって、あれ、まぶたねーからだよ。
ユウカ　え？　じゃあ、ヘビ寝ないの？　てか、目あけたまま寝るのかな？
フミヤ　そうじゃん？　だって冬眠とかするでしょ、ヘビ。
ユウカ　わ！　じゃ今頃、目あけたまま冬眠してんだ！
全員　気持ちわり〜。
イズミ　はーい、皆さん残念でしたー。ヘビはちゃんとまぶたありますー。
　目、閉じて寝るんですー。
フミヤ　あ、でも、でも、魚は、目、あけて寝るんだよね？
ユウカ　えー、目あけてどうやって寝れんのかなー。
アイリ　てか、魚って、そもそも泳ぎながら寝てんでしょ？
フミヤ　じゃ、寝てねーじゃん。起きてんじゃん。
ナツキ　寝てんだって！　それはつまり、
　人間が寝てても、心臓動いてる、みたいなことなんだって！

フミヤ　うーん、わからないー。
アイリ　あれ？　ねえ、ヘビって卵だっけ？
イズミ　卵だよ？
アイリ　あー、じゃあ魚に近いのか。
ユカ　ねー、もー、ほ乳類の話しよーよー。
ナツキ　いや！　ごめん、ちょっと魚の話したいわ。
ユウカ　なんでー。
ナツキ　いや、魚ってさ、すごいって思うわけよ。
だって何千個も、卵産んだりするわけじゃん？
全員　うん。
ナツキ　でさ、生まれたそばから、他の生き物に食べられちゃうじゃん？
それさ、ほとんど、死ぬために生まれてくるようなもんでしょ？
全員　あー。
ナツキ　それにさ、魚の親って、卵産んだら、産みっぱなしでしょ？
たいていの魚はさ、育てたりさ、しないじゃん。
全員　あー。

ナツキ　だから、海ん中で、後で、こう、会ったりしてもさ？　も、どれが自分の子供かも、わかんないわけよ！
全員　あー、たしかに。
ナツキ　ね？　ね？
ユウカ　お腹すいたらさー、自分の産んだ卵とかさー、間違って、食べちゃったりしないのかな？
ナツキ　しないしない！　それは、しない！
ユウカ　あー、えらいねー、魚えらい！
アイリ　魚えらーい！
ヒッチー　魚おいしー。
ナツキ　や、だからね？
そーいうのはさ、絶対できないようになってんだよ、動物って。
シガタツ　でもさ、人間はさ、人間同士で殺し合ったり、するよね。
イズミ　あー、戦争とか？
ユウカ　殺人とか。
ナツキ　死刑制度とかもね？

全員　死刑？
ナツキ　そ、あと、交通事故とかさ。
フミヤ　や、交通事故は、事故じゃん。
ナツキ　そうかな？
フミヤ　え、違うの？
ナツキ　だってさ、絶対に事故おこさないなんて、誰にもできないって、ほんとは、みんな、わかってんじゃないの？　だから、だから保険とか入るわけでさ。
全員　あー。
ナツキ　人間てさ、人間を殺しながら、生きてんだよね。
イズミ　それができんの、動物の中でも、ほとんど人間だけっぽいよ？
フミヤ　あー、自殺とかもするしねー。
ユカ　他の動物は自殺とか、しないのかな？
イズミ　しないでしょ、動物。
レイナ　あ！　アタシ、聞いたことある！　メガネザルは、自殺するらしいよ！
全員　うそっ！

レイナ　ホント、ホント。なんか嫌なことあると、自分で頭を壁にガンガンぶつけて死んじゃうんだって！
アイリ　うっわー、やっぱ猿は人間に近いからかなー。
ヒッチー　あ！　そーいえばさ、ミーアキャットっているじゃん！
ユウカ　え？　なにキャット？　猫？
ヒッチー　違うよ、猫じゃないよ！
アイリ　あ、知ってる、こーやって後ろ足で立つやつ！
ユウカ　あー。
ヒッチー　そ、そ、そ、ミーアキャットってさ、地面に穴ほって、集団で暮らしてんだけど、こう、人間みたく、社会性ってのがあるわけよ。
ユウカ　そんで？
ヒッチー　で、その集団の中でさ、やっぱ、イジメとかあるんだって！
全員　わ、やっだなー。
ナツキ　てかさ、これ、何の話だっけ？
ユカ　えー、だから、うちの猫の話なんだってばー。
イズミ　ヘビの話でしょ？

アイリ　誰もしてないよ、そんなの。
イズミ　えー、もりあがってたじゃん、ヘビ話。
ユカ　あー、灰色の猫、飼いたかったなー。
ユウカ　そもそもさ、動物とか飼うのも、人間だけだよね。
　動物は飼わないでしょ、他の動物。
アイリ　あ、うちだめ！　お父さんはいいんだけど、お母さんが猫アレルギーで、
　動物絶対飼っちゃダメって。
ユカ　あ。それ、それだよ、ね？
全員　？
ユカ　そーいう時さ、つまり、お父さんとお母さんで、言うこと違ったら、
　みんな、どうしてんの？
ユウカ　あー、まー、困るよね、普通に。
ユカ　だって、なんていうか、ウチは、ウチだって思ってるわけよ？
　こう、なんていうの？　ウチって言う、1人の人だと思ってるわけよ。
　でも、そのウチは、お父さんと、お母さんという、
　2つの成分《せいぶん》で、できあがってるわけじゃん？

ユウカ　なに、成分って。
ユカ　だって成分でしょ？
イズミ　まー、私たちは、お父さん、お母さんて普通に呼ぶけどさー、
もともとぜんぜん関係ない、っていうか他人っていうかねえ。
ユウカ　そんなの、当たり前じゃん。
ユカ　そりゃ、そりゃそうだけどさー、そりゃさー、仲よかったら、いいよ？
けどさ？　仲悪い？　っていうか性格とか？　趣味とか？　考え方とか？
ね？　それが、ぜんっぜん合わないのに、混ざっちゃったとすんじゃん？
そしたら、そのぜんぜん合わないものが、
ウチらの中に、両方あるわけじゃん？
ね？　ウチになんの断りもなく！
これ、ちょー迷惑なことじゃね？
全員　うーん。
ユカ　そんな合わないもんがさー、混ざったんだとしたらさあ、
そりゃ、親が、混ぜる相手、間違えたっ、てことなんじゃないの？
全員　…………。

フミヤ　そんなの受け入れるしかねーじゃん。
ユカ　…………。
モモ　そうだね。受け入れるしか、ないね。
フミヤ　受け入れるしか、ねーよ。
　　　　俺たちは、親の選んだことは、受け入れるしかねーんだよ。
　　　　それがつまり、子供、ってことの意味じゃん。
ユカ　つまり、あきらめろ?
フミヤ　違うよ、あきらめろ、ってことじゃないよ。
　　　　ただ、なんであれ、そのことを認めるしかない、ってことだよ。
　　　　そんで、そこから始めるしか、手がない、ってことだよ。
ヒッチー　そうそう、俺の家は中華料理屋だ。俺は、宮藤官九郎に似ている。
ユウカ　考えたらさ、親にだってまた、親がいるわけだからね。
全員　うーん。
フミヤ　俺たちだってさあ、そのうち、たぶん、あっと言う間に大人になって、
　　　　そんで親になったりすんのかなあ。
全員　…………。

ナツキ

ねえ、大人になったらさ……、
私たちも、誰かを、殺す立場に、なったりすんのかな?

シーン8　眠る理由

ナツキとモモだけがいる。

モモ　人殺し、て言う人までいるもんね。
ナツキ　え？
モモ　事故の後さ、ウチのお父さんの会社のこと。
ナツキ　…………。
モモ　ナツキは？　ナツキはどう思うの？
ナツキ　や、私は、ていうか、そもそも親の仕事とさあ、モモちゃんは関係ないじゃん。
モモ　うん、ま、ね。そう思えたら、まあ、楽だよね。
ナツキ　そう、モモちゃんとは関係ないよ。
モモ　嘘つき。

ナツキ　え？
モモ　なんでもない。
ナツキ　……………。
モモ　ナツキのお父さんは何やってんだっけ？
ナツキ　あー、計《はか》ってる。
モモ　？
ナツキ　学校の玄関の脇に、モニタリングポストってできたじゃん。
モモ　うん。
ナツキ　ああいうね、計るやつ？　うん、計るのが仕事。
下請《したう》け？　そう、モモッチの、お父さんの会社の。そうそう。
モモ　あたしさあ、なんかさあ、こーんなに眠くなったの、
あの地震の後からなんだよ。
ナツキ　そう、なの？
モモ　うん。なんかさ、うん、なんか眠くなっちゃうんだよ。なんでかな？
普通さ、地面が揺れたら、目が覚めなきゃおかしいじゃん。
なのにさ、揺れるたんびに、眠くなっちゃうんだよ。

ナツキ　……………。

モモ　地震のこととかさ、お父さんの仕事のこととか、
考えるたんびに、なんか、いろんなこと考えようとするんだけど、
テレビに出てくる会社の名前と、お父さんが朝、出かけていく会社が、
おんなじ会社に思えないんだよ。
危ないところに行ってることだけ、わかる。
でも、いろんな声が聞こえてきて、なんかどんどん頭が重くなって、
考えらんなくなって、気がつくと、寝てて。
夢を見るのは楽しいんだけどさ。
だって、モモッチ、練習だって言ってたじゃん。

ナツキ　ああ、そうか、そうだよね。練習。

モモ　そうだよ、練習だったよね……。
ねえ、ナツキはいろいろ知ってるじゃん？
なら、教えて欲しいんだよ、
人間が寝るのってさあ、本当は、何のために眠るの？

シーン9　空

ヒッチー、椅子の一つに座る。
イズミは、その周りをまわりながら、
テレビドラマで見た、警察の取り調べのように。

イズミ　結局さあ、アンタが見たのは、何だったわけ？
ヒッチー　それが、シガ君の言ってた死体なわけ？
イズミ　いやあ、俺の場合は、しゃべったからねー。
ヒッチー　えー、ほんとにしゃべったの？
イズミ　しゃべった、しゃべった。確実に、しゃべったね。
てか、こう腕《うで》とかピクピク動いてたしさ。
ヒッチー　え？　じゃあ、人じゃん。
イズミ　んー、まあ、人、と言わざるを得ないだろーね。

イズミ　何よそれ、え？　男の人？　女の人？
ヒッチー　んー。
イズミ　え？　それも、わかんないの？
ヒッチー　んー。
イズミ　年はさ？　何歳くらい？　だから子供なのか、大人なのか、とか。
ヒッチー　んー。
イズミ　だって小学生くらいとか、おじいちゃんとか、お婆《ばあ》さんだったとか……
そのくらいは、わかんじゃん？
ヒッチー　その、どれでもあるような、どれでもないような。

レイナ、自分が冒頭で、寝ていた場所に立つ。
地面に向かって、背負っていたリュックを、逆さまにする。
リュックの中から、土砂《どしゃ》が、自分が寝ていた場所にこぼれ落ちる。

ヒッチー　や、とにかく、それ以前。それ以前だったんだよ。
イズミ　だって、しゃべったわけでしょう？

ヒッチー　ま、言葉をかわしたといえば、かわしたようでもあり。
イズミ　え、なに？　さっき、しゃべったって言ったじゃん。
ヒッチー　まー、そーなんだけどさー。
　ま、俺に言わせると、それはなんらかの、コミュニケーション、つーの？
イズミ　じゃ人間かどうかも、わかんないわけ？
ヒッチー　んー。
イズミ　じゃ、ほ乳類？　は虫類？　鳥類？
ヒッチー　だから、それ以前なんだって。
イズミ　あー、じゃ、とにかく、生きては、いたと。
ヒッチー　んー。
イズミ　だめ。ヒッチー、もう完全におかしい。
ヒッチー　色。
イズミ　え？
ヒッチー　そいつのさ、色は、言えるんだよ。
イズミ　色？
ヒッチー　青、かったね。うん。

この空を、写したみたいな、青だったね。

2人、空を見上げる。
モモも、ナツキも、レイナも、空を見上げる。
いつの間にか、ユカ、最初に誰かと電話してた位置で、再び電話をしている。

ユカ

だからさー、なんでアンタは電話してくるの?
携番《けいばん》、消してって言ったじゃん。
ウチとアンタはさあ、
うまくさあ、混ざらないと思うんだよ、うん。
……ごめん、言うこと間違えた。
ウチ、言うこと間違えてるや。
つまりさあ、ウチはただ、今はまだ、
混ざるってことが、怖くてしかたないんだよ。
うん、たぶん、ごめん。
ごめんね、ごめん。

ごめんなさい。
ごめん。

謝るユカの、か細い声、消えていく。
入れ替わるように、イズミの元気な声が響く。

シーン10　天気予報

イズミ　はい、いいー？　わかった人、答えてねー。

イズミが全員に翻訳の問題を出す。
わかった人から、英語に翻訳しながら、答えて行く。
にぎやかに、はしゃいでいるように進んで行く。

イズミ　えー、えー、
じゃ、いきまーす、えー、
屋根の形は、三角です！
窓の形は四角です！
サッカーゴールが２つあります！
ならんでいるのは、ポプラです！

白い車が、走って行きます！
門の前には、橋が、あります！
ユカの子猫は、黒いです！
ブルーシートは、ブルーです！
今日はとっても、いい天気！
でも、明日の天気は、わかりません！

シーン11　あの日

ナツキ、イズミと入れ替わる。

ナツキ　はーい、
じゃあ、今度は、ジャンケンゲームしまーす。
はい、こっちのはじっこから、ジャンケンしてー。

皆、その場で、順番に隣の人とジャンケンをしてゆく。
ナツキは質問を続ける。
質問は、以下のようなものであるが、
その場で、思いついた質問を加えてもかまわない。
皆、その場で、はーい、と手を上げて答えながら、
やはり、はしゃいでる感じで進んで行く。

ナツキ　はーい、じゃあ、今のジャンケンで、勝った人！
じゃあ、今のジャンケンで、負けた人！
じゃあ、いわき総合高校、２年生！
男子！
女子！
16歳の人！
じゃあ、17歳の人！
じゃあ、今、つきあってる人が、いる人！
つきあってる人が、いない人！
今、両親と、暮らしてる人！
今、お母さんとだけ、暮らしてる人！
今、お父さんとだけ、暮らしてる人！
おじいちゃんや、おばあちゃんと暮らしてる人！
家で、動物を飼ってる人！
んー、じゃ、今、いわき市内に住んでる人！

地震の後、引っ越した人！
じゃあ、家が、
10キロ圏内だった人！
20キロ圏内だった人！
30キロ圏内だった人！
今、自分の家で、暮らしてる人！
今、仮設で暮らしてる人！
今、仮設校舎で勉強してる人！
大学に進学するつもりの人！
就職するつもりの人！
卒業しても、いわきに残りたい人！
卒業したら、いわきから出たい人！
いつか、日本を出たい人！
生まれ変わったら、もう一度、人間になりたい人！

この質問を最後に、ナツキは椅子を１つ手に取る。

じゃ、椅子取りゲーム始めまーす！

生徒たち、騒ぎながら、椅子を9個、真ん中に集め、
椅子の周りを、スキップで、ぐるぐると回りはじめる。
誰かが吹いた、ピッ！　っというホイッスルの音。
10人、椅子にかけよる。
誰かが椅子に座れない。
それが誰かは決まっていない。
毎回、座れなかった1人は、1つ椅子を減らし、
離れたところに運んで座り、そこからゲームを眺めている。
1人ずつ減りながらゲームは進み、
やがて勝ち残った最後の2人が、
1つの椅子の、周りを回る。
最後のホイッスルが吹かれる。
ゲームはここで突然、中断される。

皆、黙って、その場から去る。
シガタツと、フミヤの2人だけが、
ぼんやりと椅子に残っている。
しばらくの間。
フミヤ、立ち上がると、ひとりで、ダンスの練習を始める。
小声で、何かブツブツと、つぶやいている。
声は、聞こえても、聞こえなくてもかまわない。
そこには居ない誰かに向かって、その踊りの振り付けを、
伝えようとしているかのように。

フミヤ　こっから右に、体をひねる……、
で、大きく肩を入れて、
そっから床を、
ドーンとキック、ドーン……。
そんで体が傾いて……。

それは彼が考えた、踊りの振り付けの言葉なのだか、
しだいに、彼の家が、彼の目の前で崩れていった、
その時の描写へと変貌《へんぼう》していく。

彼は、その時のことを、可能な限り、克明《こくめい》に思い出しながら、
ここで、踊ろうとしている。

シガタツ、黙々《もくもく》と続く、そのフミヤの踊りの横で、
椅子取りゲームで使っていた皆の椅子を、
グチャグチャに固めながら、積み上げていく。
それはまるで、奇妙な形の、塔のようである。

フミヤの声と、地面を蹴る音と、
シガタツが椅子を積み上げる音と、
校庭を吹き抜ける風の音だけがする。

長い時間がすぎる。

やがて、塔を積み終えると、
シガタツ、フミヤに向かって、声をかける。

シガタツ　人は、見たものを、覚えていることができると思う。
人は、見たものを、忘れることができると思う。

人数確認のテーマが流れる
伝えようとするフミヤの動きと声、しだいに大きくなる。
シガタツ、椅子に座ったまま、それを見ている。
音楽の中、フミヤの踊りは、やがてランニングマンと呼ばれる動きになる。
それは走っている姿のようだが、体は、前に進んでいない。
ランニングマンを続けながら、フミヤ、叫び続ける。
しだいに声は、絶叫のようになっていく。

フミヤ　こっから、ランニングマン！
逃げて！　逃げて！　逃げて！　逃げて！
こっから！　逃げて！　こっから！　この場所から！　逃げて！
逃げて！　逃げて！　逃げて！　逃げて！
逃げて！　逃げて！　逃げて！　逃げて！
こっから！　外に！　逃げて！　逃げて！　逃げて！
逃げて！　逃げて！　逃げて！　逃げて！
逃げて！　逃げて！　外に！　逃げて！
こっから！　逃げて！　この場所から！　逃げて！　逃げて！
逃げて！　逃げて！　こっから！　逃げて！
この場所から！　逃げて！　逃げて！　逃げて！
逃げて！　逃げて！　逃げて！　逃げて！　逃げて！
逃げて！
逃げて！　逃げて！　逃げて！

ランニングマンは、数分間、続く。

やがて、フミヤの声の中、
去っていた生徒たち、１人ずつ戻り始める。

アイリ　手品やりまーす。
フミヤ　逃げて！　逃げて！　逃げて！
アイリ　あ！　花！　あ！　鳩！
フミヤ　逃げて！　逃げて！　逃げて！
ヒッチー　それは、人のようにも見えました。
フミヤ　逃げて！　逃げて！　逃げて！
ヒッチー　それは、動物のようにも見えました。
フミヤ　逃げて！　逃げて！　逃げて！　逃げて！
レイナ　あ、あのトンビは、私を食べようとしているな。
フミヤ　逃げて！　逃げて！　逃げて！　逃げて！
ユウカ　母は、まだテレビを見ている。
フミヤ　逃げて！　逃げて！　逃げて！
ユウカ　きっと私より先に、眠ってしまうだろう。

フミヤ　逃げて！　逃げて！　逃げて！
モモ　ねえ、人は、何のために眠るの？
フミヤ　逃げて！　逃げて！　逃げて！　逃げて！
イズミ　屋根の形は三角です！
フミヤ　逃げて！　逃げて！　逃げて！　逃げて！
ナツキ　窓の形は四角です！
フミヤ　逃げて！　こっから！　逃げて！
ユカ　灰色の猫、飼いたかったなー。
フミヤ　逃げて！　逃げて！　逃げて！
シガタツ　何度でも言う。
フミヤ　逃げて！　逃げて！　逃げて！
シガタツ　人は、見たものを、
フミヤ　逃げて！　外に！　逃げて！
シガタツ　覚えていることが、できると思う。
フミヤ　逃げて！　逃げて！　逃げて！　逃げて！
シガタツ　忘れることが、できると思う。

戻ってきた全員、再び、生存確認の点呼をしながら、
欠けた櫛の歯が戻るように、並び始める。
点呼の声、やがて10の数字をすぎる。

全員　11！

全員で、そこに居ない人の、数を数える。
数え終わると、校庭のいちばん奥に向かって、歩き出す。
フミヤも、ランニングマンを止《や》め、皆の後を追う。
レイナだけが、ひとりその場に残り、正面を向いて語り始める。

レイナ　あの時、もちろん、私は、死んでいたわけではないし、
死んでしまいたかったわけでもない。
ただ、誰もが時に、そうするように、
自分が、もう居ない世界のことを考えていた。

居なくなった、その理由についてではない。
居なくなるのに、理由などあるのだろうか？
ただ、この町から私が居なくなっても、
この町から、誰も居なくなっても、
ここに、この校舎は建っているのだろうか、とか、
あのトンビは、やはり、飛んでいるのだろうか、とか、
つまり、私が考えていたのは、
ただ、そういうことだった。

言い終わると、レイナもくるりと後ろを向き、
皆の後を追う。
去っていった皆、校庭の奥から、こちらを振り向き、
呼びかける。

全員　おーい！　おーい！
お前は鳥か？

レイナ、走って皆に混ざる。
皆、もういちど、こちらに向かって呼びかける。

全員　おーい！　おーい！
お前は人間か？

（終）

上演記録

練習風景

『ブルーシート』

福島県立いわき総合高等学校　総合学科
芸術・表現系列（演劇）第10期生アトリエ公演

練習風景

［日　　程］２０１３年１月26（土）、27日（日）
全２公演
［会　　場］福島県立いわき総合高等学校グラウンド
［上演時間］90分
［入　　場］無料（一般入場可）
［総入場者数］２５９名

練習風景

［出　演］福島県立いわき総合高等学校　総合学科
芸術・表現系列（演劇）第10期生

飛知和寿輝
大蔵郁弥
古山和泉
大谷ゆうか
小野愛莉
志賀竜也
萱間菜月
佐々木優花
中川鈴菜
飯島もも

［上演解説］目黒憲
（福島県立いわき総合高等学校校長）

練習風景

〔作・演出〕　飴屋法水

〔制　　作〕　いしいみちこ（教科演劇主任教諭）

〔制作助手〕　齋藤夏菜子（教科演劇教諭）

〔美術・音響〕　飴屋法水

〔舞台監督〕　谷代克明（教科演劇講師）

〔演出助手〕　西島亜紀

〔音響協力〕　zAk

〔協　　力〕　村田麗薫、コロスケ、くるみ

〔主　　催〕　福島県立いわき総合高等学校

「教室」

大阪国際児童青少年アートフェスティバル２０１３親子で見れる児童演劇参加作品 上演台本

これは、３人の話だ。
２人の女の子と、１人の、男の子の。

シーン1

開演時間が、迫っている会場。
舞台と思わしきスペースには、学校の椅子が散乱している。
正確な数はわからないが、
それはだいたい、クラスひとつぶん、くらいには見える。

男が、散乱している椅子の上を、渡り歩いている。
椅子から、椅子へ、
中には倒れて横になったり、無造作に数個が積みあがったりもしてるのだが、
男は、とにかく床に落ちてしまわぬように、気を付けながら、
ひとつの椅子から次の椅子に、渡り歩いている。

もう1人いる。
6歳くらいの女の子。男の娘だろう。

女の子は、ひとりで遊んでいる。なにをしていてもいい。
たとえば床に寝転んでチョークで絵を描いているかもしれない。
太陽の絵。雲の絵。花の絵。虫の絵。そんなようなものを。

開演の前の、お決まりのアナウンスが流れる頃、
女の子は絵を描く手を止め、散乱している椅子の中から、
3つの椅子を選び、テーブルの周囲に配置していく。

配置し終わると、少し、後ずさって、
それから、おもむろに、口を開く。

ウチの台所《だいどころ》には、テーブルがあって、
テーブルのまわりには、イスが、3つあります。
3にんが、くらして、いるからです。

シーン2

別の場所から、違う声がする。
舞台の隅に、娘の母親が立っている。

そう、台所《だいどころ》には、テーブルがあって。
テーブルの周《まわ》りに、椅子《いす》が、3つありました。

娘は、母親の声の中、舞台の外と中を行ったり来たりしながら、
テーブルの上に、3人分の、朝の、食事の用意を始める。

テーブルの上《うえ》には、3つのコップと、3つのお皿《さら》、
お皿《さら》の上《うえ》には、なぜか、メロンパンが置《お》いてありました。

並べ終えると、娘は、自分の椅子に座り、メロンパンを食べ始める。

どこからか、目覚まし時計の音がする。

私《わたし》は、いつも学校《がっこう》にいく、20分前《ぶんまえ》に起《お》きた。
朝《あさ》ごはんは、いつも菓子《かし》パンだった。
菓子《かし》パンは、メロンパンなことが多《おお》かった。
茶色《ちゃいろ》い、ちゃぶ台《だい》の上《うえ》に、黄色《きいろ》い、メロンパンが3つ。

別の場所から、父親が現れる。床に置いてあった花瓶を拾い上げ、話に加わる。

テーブルの真《ま》ん中《なか》には、花瓶《かびん》が、ひとつ、
花瓶《かびん》には、3本《ぼん》、花《はな》がさしてある。
花《はな》の名前《なまえ》は、これはなんだろう？
マーガレットかな？
花《はな》のひとつは、つぼみ、ふたつは、もう咲《さ》いていて、
というか、もう咲《さ》き終《お》わろうと、している。

父親、拾い上げた花瓶をテーブルの真ん中に置くと、
椅子に座って、娘と向かい合い、メロンパンを食べ始める。
母親は、離れたところで、それを見ながら、語り続ける。

学校《がっこう》までは、海沿《うみぞ》いの道《みち》を歩《ある》いた。
玄関《げんかん》を出《で》ると、潮風《しおかぜ》は、いつもベタベタとしていた。
学校《がっこう》までは、子供《こども》の足《あし》で、30分《ぷん》かかった。
私《わたし》は、近所《きんじょ》の同級生《どうきゅうせい》の女《おんな》の子《こ》と、2人《ふたり》で、手《て》をつないで、その道《みち》を歩《ある》いた。
山口《やまぐち》の、下関《しものせき》のあたりだった。
あと少《すこ》しで、夏休《なつやす》みに、なろうとしていた。

セミの声、高鳴る。
母親、テーブルに向かって、声をかける。
朝の、毎日繰り返されるような、会話。
どの言葉を、誰が言うかに、決まりはない。

くーんちゃーん、もう8時《じ》だよー。
学校《がっこう》だよー。
くんちゃーんてばー。
起《お》きてるって。
学校《がっこう》、遅《おく》れるよ?
間《ま》に合《あ》うもん。
遅《おく》れるって。
間《ま》に合《あ》うって。
パン食《た》べた?
食《た》べてるとこ。
耳《みみ》が嫌《きら》いなんだよ、くんちゃんは。
耳《みみ》はお父《とう》さんが食《た》べます。
あ、『エルマーと竜《りゅう》』。
なんで、耳《みみ》っていうの? これ。
耳《みみ》はお父《とう》さんが食《た》べます。

バタバタとした会話と登校の準備。
しかし、会話の途中から、ランドセルが2つあることに気づく。
母親の言葉も、娘に向けてか、父親に向けてか、わからなくなる。

耳《みみ》じゃなくて、へりじゃん。
わ、牛乳《ぎゅうにゅう》、ぬるい！
もう間《ま》に合《あ》わないから、持《も》って来《き》なって。
夏《なつ》だなあ。
はーい。
暑《あつ》いなあ。
はい、傘《かさ》、持《も》って！
えー、晴《は》れてんじゃん。
夕立《ゆうだち》くるかもだって、傘持《かさも》って！
はーい。
じゃ、お父《とう》さん、行《い》ってきまーす！

うん。行《い》ってらっしゃーい！

いつのまにか、ランドセルを背負っている、母親。
娘と2人、手をつなぎながら、舞台の外周を回る。
父親は、2人を見送ると、余ったメロンパンをかじりながら、
テーブルの上の朝食を片付ける。
片付け終わると、劇場の壁に立てかけた、
天井まで届きそうな、長い、ハシゴを登りだす。
ハシゴの途中で止まり、父親は、そこで、セミの鳴きまねをする。

ミーン、ミン、ミン、ミン、ミーン……
ミーン、ミン、ミン、ミン、ミーン……

あ、セミだ！
ほんとだ、セミだ！
セミ超《ちょう》うるさい！

あれ、何《なに》ゼミか、知《し》ってる？
アブラゼミ？
ミーン、って言《い》ってるから、ミンミンゼミじゃない？
そっか、ミンミンゼミかー！
ミンミンゼミ、うるさーい！
うるさーい！

2人、騒ぎながら、外周を走る。
セミの真似をしていた父親、
下に降りて、急いで、テーブルを舞台の中央奥に運ぶ。
3つの椅子を、そのテーブルの方に向けて、並び替え、
学校の教室に変える。
外周を走っていた2人、
父親がセッティングを終える頃、
舞台にあがり、帽子を脱ぎ、肩からランドセルをおろす。

シーン3

おはよーございます！
おはよーございます！

はい、おはようございます。

父親は、教卓の後ろに立っている。
どうやら、この即席の教室の、教師のつもりのようだ。
2人、着席する。

えー、今日《きょう》は、8月《がつ》の4日《か》ですね。
暑《あつ》いですね。
えー、外《そと》では、セミが、ミンミン、ミンミン、鳴《な》いてます。
はい、ここで、いきなり質問《しつもん》です。

セミは、ああやって鳴《な》くようになる前《まえ》、
つまり幼虫《ようちゅう》の時《とき》は、土《つち》の中《なか》に居《い》ますが、さて、
では、何年間《なんねんかん》、土《つち》の中《なか》に居《い》るか、知《し》ってますか？

6ねん！

はい、正解《せいかい》です、6年《ねん》です！　では、君《きみ》たちは、今《いま》、何歳《なんさい》ですか？

6さい！

はい！　そーですねー、6歳《さい》ですねー、
はい、と、いうことは？

…………………。

そう、今《いま》、鳴《な》いてるセミは、君《きみ》たちと同《おな》い年《どし》、

君《きみ》たちが生《う》まれた年《とし》に、卵《たまご》からかえったセミが、今《いま》、外《そと》で鳴《な》いてるセミなんですねー。

えーーー!

つまり、今鳴《いまな》いてるセミは、全員《ぜんいん》、同級生《どうきゅうせい》です!
はい、ということで、今日《きょう》は、同級生《どうきゅうせい》の、セミさんも、一緒《いっしょ》に、授業《じゅぎょう》に参加《さんか》することになりましたー。

父親、隅から、ダンボールでできた大きなセミを持って来て、
空いているもうひとつの椅子に座らせる。

はい、ここでいきなり、算数《さんすう》です。
1たす1は?

2!

はい、そこに、セミさんが加《くわ》わりました。
2、たす1は？

3！

そーですねー、3、ですねー。
はい、じゃあ、3人の出席《しゅっせき》をとりまーす。
三好《みよし》くるみさん！

はい！

おー、いい返事《へんじ》ですねー。
くるみさんは、なんで自分《じぶん》がくるみって名前《なまえ》になったか、知《し》ってますか？

わかんない。

じゃあ、家《いえ》に帰《かえ》ったら、お父《とう》さんとお母《かあ》さんに聞《き》いてみてください。

はい、じゃあ、三好愛《みよしあい》さん！

はい！

愛《あい》さんは、なんで、愛《あい》って名前《なまえ》になったか、知《し》ってますか？

んー、なんか、流行《はや》ってたみたい。漫画《まんが》とかで。

なるほどー、愛《あい》が、流行《はや》ってた。そりゃあなんか大変《たいへん》ですねー、

はーい、じゃあ、セミさん！

…………………。

あれ？　セミさん、返事《へんじ》しませんねー、おとなしいですねー。

はい、じゃあ、なんで、このセミさんは、鳴《な》かないのでしょうか？

死《し》んでるから！

違《ちが》います！

ダンボールだから！

違《ちが》います！

あ！　うまれつき、しゃべれない！

なにそれ？

え？　いるじゃん、うまれつき目《め》が見《み》えないとか、しゃべれないとか、そーいう人《ひと》。

そーですねー、いますね、でも、このセミさんは、違《ちが》います、

わかんない!

はい、正解《せいかい》は、このセミさんが、メスだからです!

えー!

セミの声《こえ》、セミの声《こえ》って言《い》いますけどね
ああやって鳴《な》いてるセミは、全部《ぜんぶ》、オスです。
メスは鳴《な》きません。
幼虫《ようちゅう》から、成虫《せいちゅう》になるため、地面《じめん》から出《で》てくる。
それで今度《こんど》は子供《こども》をつくる………、
つまり「繁殖《はんしょく》」をするために、オスが、メスを呼《よ》んでる声《こえ》なんですねー。
おーい、メスさーん。ここにいますよーー!

僕《ぼく》は、ここにいますよー、一緒《いっしょ》に、「繁殖《はんしょく》」しませんかー、おーい、ってね……

へー、そーなんだー。

と、いうわけで、今日《きょう》の授業《じゅぎょう》は、「繁殖《はんしょく》」について。
えー、さまざまな生《い》き物《もの》の「繁殖《はんしょく》」について勉強《べんきょう》します！

シーン4

舞台、照明が変わって、青い、海の底のような雰囲気。

はい。ここは、今《いま》、海《うみ》の中《なか》でーす。

父親、手をヒラヒラさせながら、泳ぐ魚の真似をする。

はい、お魚《さかな》が泳《およ》いでまーす。

父親、次々に、体を動かしながら、様々なもののまねをしていく。

はい、コンブでーす。

これは、クラゲでーす。

はい、イソギンチャクでーす。

じゃ、これは、わかる?

石《いし》!

違《ちが》います! ウニでーす。

ウニかー!

えー、海《うみ》の中《なか》には、こういう様々《さまざま》な、生《い》き物《もの》がいます。
で、今日《きょう》は、その中《なか》でも、魚《さかな》の繁殖《はんしょく》について、話《はな》したいと思《おも》いまーす。

パチパチパチ。(拍手)

えー、まず、卵《たまご》。
魚《さかな》の卵《たまご》を見《み》たことありますかー?

あ、ある！
いくら！
たらこ！

はい、そーですねー、いくら、とか、たらこは、
皆《みな》さんも、食《た》べたことあると思《おも》います。
あれが、魚《さかな》の卵《たまご》ですねー、ああやって、卵《たまご》の数《かず》がいーっぱいあるのが特徴《とくちょう》です。
じゃあ、なんで、あんなにいっぱい、魚《さかな》は卵《たまご》を産《う》むんでしょう？

死《し》んじゃうから！

はい。よくわかりました。
そーですねー、他《ほか》の生《い》き物《もの》に食《た》べられて、死《し》んじゃうからですねー。
魚《さかな》は、生《う》まれたそばから、どんどん他《ほか》の生《い》き物《もの》に食《た》べられちゃいます。
だって、君《きみ》たちだって食《た》べてるしね。
だから、たくさん産《う》む、たくさん産《う》んで、たくさん食《た》べられて、

そんで、少《すこ》しだけ生《い》き残《のこ》った魚《さかな》が大人《おとな》になって、またたくさんの卵《たまご》を産《う》むんだねー。

きびしー!

きびしーです。
はい、じゃあ、そのきびしい海《うみ》の中《なか》で、生《う》まれた魚《さかな》の赤《あか》ちゃんを、魚《さかな》の親《おや》は、育《そだ》てるでしょうか?

育《そだ》てないの?

はい。育《そだ》てません。

え!

ほとんどの魚《さかな》は、育《そだ》てません。
だって、数《かず》も多《おお》いしね、何人兄弟《なんにんきょうだい》かも、わかんないじゃん。

そっかー、

そうです。生《う》まれた魚《さかな》の赤《あか》ちゃんは、ひとりで勝手《かって》に育《そだ》って行《い》きます。
だから、海《うみ》の中《なか》で、後《あと》で会《あ》っても、
どれが自分《じぶん》の親《おや》かとか、どれが自分《じぶん》の子供《こども》とか、ぜんぜんわかんない。
それが魚《さかな》の、親子《おやこ》関係《かんけい》。

わー。

はい、もうひとつ、魚《さかな》が、陸《りく》の生《い》き物《もの》と全然《ぜんぜん》違《ちが》うところ！
それは、魚《さかな》は、交尾《こうび》を、しないところです！

しないの？

しません！

もちろん、魚《さかな》にもお父《とう》さんとお母《かあ》さんがいるわけですが、
交尾《こうび》はしません。
まず、お母《かあ》さん成分《せいぶん》がつまった卵《たまご》を、お母《かあ》さんが産《う》みます。
お父《とう》さんは、その卵《たまご》に、お父《とう》さん成分《せいぶん》をかけます。
そうすると、「受精《じゅせい》」って言《い》って、
お父《とう》さん成分《せいぶん》とお母《かあ》さん成分《せいぶん》が、ひとつに混《ま》ざって、
それで、卵《たまご》は、1匹《ぴき》の赤《あか》ちゃんになっていきます。
だから、確《たし》かに、卵《たまご》は、お母《かあ》さんが、産《う》むわけだけど、育《そだ》てないし、
だから、お母《かあ》さんと、お父《とう》さんで、
やることは、そんなに、変《か》わりません！

ふーん。

これが、魚《さかな》の、繁殖《はんしょく》です。
これはたぶん、魚《さかな》が、水《みず》の中《なか》にいるから…………、
つまりやわらかい卵《たまご》が、水《みず》に守《まも》られてるから、できることなんだと、先生《せんせい》は思《おも》います。

つまりまあ、親《おや》が育《そだ》てる、というより、
海《うみ》の水《みず》が魚《さかな》を育《そだ》てる、ってことかもしれないね。

ふーん。

はい、じゃあ、その魚《さかな》が、やがて、陸《りく》に上《あ》がって、
陸《りく》の生《い》き物《もの》になりました！

シーン5

はい、陸《りく》に上《あ》がった魚《さかな》は、
両生類《りょうせいるい》、爬虫類《はちゅうるい》、鳥《とり》、そして哺乳類《ほにゅうるい》へと、形《かたち》を変《か》えて進化《しんか》していきます。
で、人間《にんげん》は、最後《さいご》の、哺乳類《ほにゅうるい》っていうわけですが……。
まず、陸《りく》に上《あ》がった生《い》き物《もの》が、「繁殖《はんしょく》」の仕方《しかた》で真《ま》っ先《さき》に変《か》わったこと、
それは、卵《たまご》に、固《かた》い、カラができたことです。

カラ？

そう、カラです。君《きみ》たちも、ニワトリの卵《たまご》は、よく知《し》ってるよね？

うん。卵《たまご》好《す》きー。

そう。カラを割《わ》って、食《た》べるでしょ？

魚《さかな》の卵《たまご》とは、そこが違《ちが》う。水《みず》に守《まも》られてない卵《たまご》は、とても弱《よわ》いから、固《かた》い、カラの中《なか》に、海《うみ》の水《みず》みたいな水《みず》を閉《と》じ込《こ》めて、その水《みず》の中《なか》で、卵《たまご》が、赤《あか》ちゃんまで育《そだ》つように、なってる、ってことだと思《おも》うんだ。

なるほどー。

でもね、固《かた》い卵《たまご》も、やっぱり、お母《かあ》さんが産《う》むわけだけど……。
お父《とう》さんは、カラの外《そと》から、お父《とう》さん成分《せいぶん》を、かけられない。
だから、お母《かあ》さんの体《からだ》の中《なか》に、お父《とう》さん成分《せいぶん》を、先《さき》に入《い》れて、
つまり、「受精《じゅせい》」させてね、それから、その卵《たまご》の周《まわ》りに、カラをつくって守《まも》ってから、
それを、お母《かあ》さんが、産《う》むんだね。
その、お母《かあ》さんの、体《からだ》の中《なか》で「受精《じゅせい》」をするために、
陸《りく》の生《い》き物《もの》は、「交尾《こうび》」、っていうのを、するようになったんだよ。

なるほどー。

はい。というわけで、こんどはみんなもよく知《し》ってる……、
魚《さかな》よりはずっと人間《にんげん》に近《ちか》い……、でも人間《にんげん》とはずいぶん違《ちが》う、
この、鳥《とり》、の繁殖《はんしょく》について勉強《べんきょう》してみよう。

パチパチパチ……。（拍手）

えー、さっきの「交尾《こうび》」する、ってのが、
まず、鳥《とり》のお父《とう》さんとお母《かあ》さんが、魚《さかな》と違《ちが》うところ。
それから、鳥《とり》の親《おや》は、魚《さかな》とも、そして、カエルやヘビやカメとも違《ちが》って、
子供《こども》を、ちゃんと育《そだ》てます！

おー。

ね、人間《にんげん》に近《ちか》づいてきたでしょう？
はい。じゃあ、鳥《とり》は、どこで子供《こども》を育《そだ》てるでしょう？

あ、巣《す》！　鳥《とり》の巣《す》だ！

そう。まあ、全部《ぜんぶ》の鳥《とり》がそうじゃないけど、この鳥《とり》の巣《す》、ってのは、
今《いま》、君《きみ》たちが育《そだ》ってる、家《いえ》みたいなものだからねー。
今日《きょう》は、この鳥《とり》の巣《す》のことを考《かんが》えてみよう。

はい、じゃあ、交尾《こうび》した、鳥《とり》のお母《かあ》さんは、巣《す》の中《なか》で、卵《たまご》を温《あたた》めます。
お母《かあ》さんが温《あたた》めてるカラの中《なか》では、受精《じゅせい》した卵《たまご》が、
カラの外《そと》に出《で》れるぐらい、強《つよ》くなるまで、育《そだ》っていきます。
さて、その間《あいだ》、交尾《こうび》を終《お》えた鳥《とり》のお父《とう》さんは、何《なに》をしてるでしょう？

うーん、あ、わかった、エサをとってくる！

そうです！
この「繁殖《はんしょく》」の間《あいだ》、鳥《とり》のお父《とう》さんは、
卵《たまご》を温《あたた》めてる、お母《かあ》さんのぶん、やがてヒナが生《う》まれたら、そのヒナのぶん、

それから自分《じぶん》のぶん……。それだけの食《た》べ物《もの》を、お父《とう》さんはがんばって、集《あつ》めて来《き》ます。

おおー。

はい、じゃあ、今《いま》から、ここでちょっと、鳥《とり》の子《こ》育《そだ》てを、まねしてみましょう！
じゃあ、くるみさん、鳥《とり》のお父《とう》さんと、お母《かあ》さん、どっちをやりますか？

んー、お父《とう》さん！

はい、じゃあ、先生《せんせい》がお母《かあ》さんをやってみましょう。

　父親、教卓の上を、鳥の巣に見立て、
教室の隅にあったボールを抱いて、温めるふりをする。

あー、お腹《なか》すいたよー　あー　お腹《なか》すいたー。
あー、なんでこんなたくさん産《う》んじゃったんだろー。
あー、もー、だめかもしれないー。

娘、舞台の隅に片付けられてた、朝の食卓のメロンパンを口にくわえて、
飛ぶ真似をしながら、近づいてくる。

あ、お父《とう》さん！　ありがとう！

父親、そのメロンパンを口にくわえて、受けとる。

はい。まあ、こうやって、鳥《とり》は、お母《かあ》さんと、お父《とう》さんが、助《たす》けあいながら、
卵《たまご》をかえし、生《う》まれたヒナを育《そだ》てて行《い》きます。
ヒナのほうも、こうやって、自分《じぶん》が、何《なに》を食《た》べていくといいのかとか、
他《ほか》にも、生《い》きていくうえでの基本的《きほんてき》なことを、
巣《す》の中《なか》に居《い》る間《あいだ》に、親《おや》や、巣《す》の周《まわ》りでの経験《けいけん》から学《まな》び、

その後《ご》、その巣《す》を離《はな》れ、つまり親《おや》から離《はな》れて、独《ひと》り立《だ》ちして、今度《こんど》は、自分《じぶん》が親《おや》になるため、自分《じぶん》の繁殖相手《はんしょくあいて》を探《さが》します。はい、これが、鳥《とり》の繁殖《はんしょく》でした。

パチパチパチ。（拍手）

はい、じゃあ、次《つぎ》はいよいよ、哺乳類《ほにゅうるい》。この、哺乳《ほにゅう》、って意味《いみ》は、わかりますか？

わかんないです。

君《きみ》たちは、赤《あか》ちゃんの時《とき》、何《なに》を飲《の》んで育《そだ》ちましたか？

あ、おっぱい！　ミルクだ！

そう、この、哺乳類《ほにゅうるい》の。哺乳《ほにゅう》、っていうのは、お乳《ちち》を与《あた》えて育《そだ》てる、って意味《いみ》です。

今の、鳥《とり》さん、とは、いちばんちがうこと、
これは、さっき固《かた》い、卵《たまご》だった、カラ、
海《うみ》の水《みず》を閉《と》じ込《こ》めて、卵《たまご》を守《まも》っていたカラが、
今度《こんど》は、お母《かあ》さんの、お腹《なか》になります。
カラではなく、お母《かあ》さんのお腹《なか》の中《なか》で、えー、直接《ちょくせつ》、温《あたた》まりながら、
受精《じゅせい》した卵《たまご》は、外《そと》に出《で》るまで育《そだ》ちます。
しかも、お母《かあ》さんのお腹《なか》の中《なか》で、お母《かあ》さんと繋《つな》がって、
お母《かあ》さんから栄養《えいよう》をもらっています。
そして、外《そと》に、出《で》た後《あと》も、しばらくのあいだ、お母《かあ》さんの、おっぱいが、栄養《えいよう》です。
鳥《とり》のように、将来《しょうらい》、自分《じぶん》が食《た》べることになる食《た》べ物《もの》を食《た》べるようになるのは、
もっと、ずっと後《あと》………。

まあ、今《いま》の君《きみ》たちは、もう、学校《がっこう》の給食《きゅうしょく》とかでも、
大人《おとな》と同《おな》じものを食《た》べてるわけですが……
まだ歯《は》が生《は》えたりするまでは、ずっとお母《かあ》さんのおっぱいを飲《の》んでいた、
それが、鳥《とり》とはちがう、哺乳類《ほにゅうるい》っていう、言葉《ことば》の、意味《いみ》です。

はい、えー、ずいぶん長《なが》くなりました。
次回《じかい》は、哺乳類《ほにゅうるい》の中《なか》でも、いちばん変《か》わっている、
人間《にんげん》の繁殖《はんしょく》について。

でも、今日《きょう》は、ここまでにしましょう、
いいですか？
はーい。じゃあ、今日《きょう》は、ここまで。
じゃ、起立《きりつ》。礼《れい》！

ありがとう、ございました。

2人、深々と、頭を下げる。
同時に、突然、周囲は暗くなる。

シーン6

静かな室内。
母親は、洗濯物をたたんでいる。
娘は、床に寝転がって、絵本をめくっている。
さきほどまで、先生だった父親は、教卓の周囲を片付けているが、
片付け終わると、その教卓の中にもぐり、姿が見えなくなる。
娘が、母親に話しかける。

ねえ、お母《かあ》さん。

ん?

お母《かあ》さんはさー、なんで、お父《とう》さんを選《えら》んだの?

さあ……、なんでだろうね……、忘《わす》れちゃったな。

お母《かあ》さん。

くんちゃんはさあ……、なんで……くるみって、名前《なまえ》になったの？

んー、お父《とう》さんがつけたんだよ。くるみ、って。

だから、お父《とう》さんに、聞《き》いてみて。

そうなんだ……。わかった。

あ、そうだ。くんちゃん。

ん？

くんちゃんがさあ、一番最初《いちばんさいしょ》にしゃべった言葉《ことば》、覚《おぼ》えてる？

えー、覚《おぼ》えてないよ、そんなの。

そっかー、覚《おぼ》えてないかー。

うん、覚《おぼ》えてない。

くんちゃんがねー、初《はじ》めてしゃべった言葉《ことば》は、雨《あめ》、なんだよ。

雨《あめ》？

うん、そう、雨《あめ》。お母《かあ》さんでも、お父《とう》さんでもなく、雨《あめ》。

でも、なんで、雨《あめ》って言《い》ったのかなあ。

不思議《ふしぎ》だよねー。

ふーん………。

母親、たたんだ洗濯物を運ぶ。

夜《よる》になっちゃったね。

お母《かあ》さん。

ん？

夜《よる》ってさあ、夜《よる》って、だんだん暗《くら》くなるわけじゃ、ないんだよ？

え？　どういうこと？

地球《ちきゅう》ってさ、丸《まる》いじゃん？

うん。

だからね、地球《ちきゅう》の上《うえ》を、夜《よる》は、向《む》こうの方《ほう》から、だんだん、近《ちか》づいてきて……。

で、近《ちか》づいてきて、夜《よる》になって、それでまた、向《む》こうに、いなくなっていって、朝《あさ》になるの。ね？

そっかー。

うん。そーだよ。

急に、舞台の奥の教卓が、２人の方向に向かって、ずりずり動きだす。
中にもぐった父親が、それを動かしているのだろう。
しかし、動きは、ゆっくりとしている。
娘の話に、合わせるように。夕方から、夜に、なるように。

あ、お父《とう》さん帰《かえ》ってきた。おかえりなさーい。

おかえりなさーい。

お父《とう》さん。

教卓、静かに、娘に近づいていく。

お父《とう》さんはさー。

答えない。

教卓、少し、動く。

なんで、お母《かあ》さんを、選《えら》んだの？

教卓の下から、父親の、声がする。

近《ちか》くに、いたから。

それだけ？

うーーん……。

それが理由《りゆう》？

じゃあさ、くんちゃんは、くんちゃんは、今《いま》、好《す》きな人いる？

うん。

男《おとこ》の子《こ》？

うん。

名前《なまえ》は？

こーちゃん。

こーちゃんか。じゃ、その、こーちゃんとは、どこで会《あ》ったの？

学校《がっこう》。

同《おな》じ学校《がっこう》？

うん。

同《おな》じクラス？

うん。

じゃあ、席《せき》は？

となり。

となり？

うん、くんちゃんの、となりの席《せき》。
くんちゃんも、こーちゃんも、ちっちゃいから、一番前《いちばんまえ》。

…………。

…………。

ほら。

あ。

ね？　ほら、すごい、近《ちか》いじゃん。

うーん。そっかあ。

娘、そっかあ、と言ったあと、壁際のハシゴを、ひとりで登り始める。
冒頭で父親が登ってセミの真似をした、
劇場の天井までつきそうな、長いハシゴである。
母親、心配そうに、それを見る。

くんちゃん、気《き》をつけてー。

だいじょうぶ!

くるみ、ハシゴを上まで登りきる。
そこで止まると、その上の天井をジッと見る。

ねえ、お母《かあ》さん。

うん?

この上《うえ》は、何《なに》があるの?

え? 上《うえ》の階《かい》の……、たぶん上《うえ》の階《かい》の部屋《へや》の、床《ゆか》。

外《そと》に出《で》れないの?

出《で》れないよ。その上《うえ》にも、ここと同《おな》じようにまた部屋《へや》があって、その部屋《へや》に出《で》るだけ。

くんちゃん、外《そと》に、出《で》れるんだと思《おも》ったよ。

そっかー、でもね、その上《うえ》にも、またその上《うえ》にも、そのまた上《うえ》にも部屋《へや》があるの。

さ、危《あぶ》ないから、もうおりといで。

なーんだ。

父親、いつのまにか教卓から外に出て、娘に話しかける。

行《い》ってみなよ。上《うえ》の階《かい》。

え？

行《い》ってみればいいよ、上《うえ》の部屋《へや》に。

部屋《へや》っていったってさ、たぶん全然違《ぜんぜんちが》うよ、ここと。うん、全然違《ぜんぜんちが》う。

行《い》ってみたらわかるよ、きっと全然違《ぜんぜんちが》う。

全然違《ぜんぜんちが》うんだけど……、でも、ほとんど、変《か》わらない。

え？

床《ゆか》があって、窓《まど》があって、天井《てんじょう》には、まあ、なんか灯《あか》りがぶらさがってて、それで壁《かべ》にはコンセントがあって……。

水道《すいどう》の蛇口《じゃぐち》があって、トイレがあって……、まあ、おんなじようなもんだよ。

そっか。

そう。全然《ぜんぜん》違《ちが》う。でも、ほとんど、同《おな》じ。

…………。

くるみ、ハシゴから降りる。

父親は、上を見上げて、ひとこと、叫ぶ。

天井《てんじょう》！

舞台の背景に、少女、の写真が投影される。

シーン7

父親は、投影された少女の写真の前に行く。
写真についての、説明を始める。
ここでの説明も、以下のような内容であれば、
細かい口調などにはこだわらない。

これは、先生《せんせい》のお母《かあ》さんです。

えー。

似《に》てる?

うん、似《に》てるー。

そう、似《に》てるよね……。これは、彼女《かのじょ》が、15歳《さい》の時《とき》の写真《しゃしん》です。
この15年後《ねんご》、彼女《かのじょ》は、僕《ぼく》を産《う》みました。

次の写真。

はい、これが、生《う》まれたばっかりの、僕《ぼく》。

かわいいー!

そう? ありがとう。生《う》まれた時《とき》は、みんなかわいいんだよ。

次の写真。

これは、僕《ぼく》が赤《あか》ちゃんの時《とき》の、ベッドだね。ここで、寝《ね》てた。
で、横《よこ》で、かすりの着物《きもの》きてるのが、30歳《さい》のお母《かあ》さん。

次の写真。

あ！　これが、彼女《かのじょ》が選《えら》んだ相手《あいて》。僕《ぼく》のお父《とう》さんです。
彼《かれ》は、工業高校《こうぎょうこうこう》を出《で》て、電気技師《でんきぎし》になって、会社《かいしゃ》に就職《しゅうしょく》し……、
それで、彼女《かのじょ》と結婚《けっこん》した。
あ、そうだ、お見合《みあ》い結婚《けっこん》てわかる？

わかんなーい。

んー、つまりさあ、この2人《ふたり》はね、くんちゃんと、こーちゃんみたいにさあ、
お互《たが》い好《す》きになって、それで結婚《けっこん》したんじゃないの。
ぜんぜん、会《あ》ったこともなかったんだけどね、
この人《ひと》、結婚相手《けっこんあいて》にどうですか？　ってね、まず、写真見《しゃしんみ》てさ、
それで、じゃあ、会《あ》ってみましょうって、それが、お見合《みあ》いって言《い》うの。
で、お見合《みあ》いして、じゃあ、いいですこの人で、
じゃあ、結婚《けっこん》することにしますか、しましょう……って。

ね？　好《す》きで……、好《す》きになって、仲《なか》いいから、結婚《けっこん》するわけじゃないんだよ。
で、結婚《けっこん》して、それで2人《ふたり》の間《あいだ》に、僕《ぼく》が、生《う》まれました。

ほげー。

でもね、このころは、そんな人《ひと》はいっぱいいてね。
ていうか、好《す》きになって、つきあったり、別《わか》れたり…………、恋愛《れんあい》っていうの？
そうやって結婚《けっこん》するのが、当《あ》たり前《まえ》になったのなんて、
ほんの、この50年《ねん》くらいの間《あいだ》のことなんだよ。

次の写真。

はい。これは、僕《ぼく》が、七五三《しちごさん》の時《とき》の写真《しゃしん》です。神社《じんじゃ》の前《まえ》だね、これ。
ほら、こうしてみるとさ、なんかさ、けっこう、いい感《かん》じじゃん、ふたり。ねえ。

うん、なかよさそー。

ね。

次の写真。

あ、これはね、これは、ちょうど、先生《せんせい》が君《きみ》たちと同《おな》じ、6歳《さい》。
小学校《しょうがっこう》の1年《ねん》の時《とき》。
小学校《しょうがっこう》1年《ねん》の、夏休《なつやす》み。家族《かぞく》で海《うみ》に行《い》ったんだね。
伊豆《いず》、ってところの、海《うみ》。
ほら、砂《すな》で、なんかつくってる。
ね？　まあ、先生《せんせい》にも、こういう時《とき》が、ありましたとさ。
なんか、ほっぺが、くんちゃんに似《に》てるー。

次の写真。

えー、はい。彼女《かのじょ》は、彼女《かのじょ》はまだ、生《い》きてます。
今、82歳《さい》です。
先生《せんせい》、ついこないだ、会《あ》ってきました。
でも、もうね、もう、手《て》が、こーんな感《かん》じになっちゃって、
まあ、あと5年《ねん》かな、って。まあ、そんな感《かん》じ。
で、彼《かれ》は、彼《かれ》の方《ほう》は、もう居《い》ません。
8年前《ねんまえ》、癌《がん》で死《し》にました。
でもね、今日《きょう》は、セミさんにも来《き》てもらったしね、
今日《きょう》は特別《とくべつ》に、お父《とう》さんに、ここに、来《き》てもらいました。

父親、舞台の隅から、白い骨壺を持ってくる。

はい。これが、今《いま》の、彼《かれ》です。

父親、骨壺を教卓の上に、ごとん、と置く。

はい。くるみさん。えー、人間《にんげん》が死《し》んだら、どうするか知《し》ってますか？

知《し》ってる。焼《や》く。

そうだね。焼《や》いて、どうしますか？

骨《ほね》になる。

そうだね。焼《や》いて、焼《や》いたら骨《ほね》が残《のこ》る。
中《なか》、見《み》てみる？

父親、骨壺の中から、骨を１個手に取り、見せる。

こうやって骨《ほね》を、この、白い壺《つぼ》に入れる。それで、これを、お墓《はか》の中《なか》に入《い》れる。
それが、人間《にんげん》が、死《し》んだときの、やりかただね。
あ、でもね、それもわりと最近《さいきん》のことなんだよ？

昔《むかし》はね、死《し》んだら、そのまんま焼《や》かずに、地面《じめん》に埋《う》めたりしたの。
でも、今《いま》は、この日本《にほん》ていう国《くに》では、それはしてはいけないことになってる。

ふーん。

はーい、じゃあ、今日《きょう》はもう１人《ひとり》。
もう１人《ひとり》ゲストを呼《よ》んでありまーす。

父親、再び舞台の隅に行き、紙でできた、バケツのような容器を持ってくる。

はい、さっき話《はな》してた、鳥《とり》さんでーす。
名前《なまえ》は、ケンタッキー・フライド・チキンさんでーす。

父親、容器の中から、チキンをひとつ取り出し、その場でもしゃもしゃと、食べ始める。

おいしいでーす。

食べながら、中から、モモのあたりの骨を取り出す。

はい、骨《ほね》が、出《で》てきましたね。
じゃあ、この骨《ほね》は、食《た》べ終《お》わったら、どうしますか?

捨《す》てるー。

捨《す》てる。どこに?

ゴミ箱《ばこ》かなー。

うん、そうだね、鳥《とり》さんの骨《ほね》は、ゴミ箱《ばこ》に、捨《す》てちゃうよね。
でも、こっちの、人間《にんげん》の骨《ほね》は、捨《す》てません。
大事《だいじ》に、お墓《はか》の中《なか》に、しまいます。

父親、人間と、鳥の、両方の骨を手に持ち、見比べる。

でも……。でも、先生《せんせい》は、その理由《りゆう》が、ぜんっぜん、わかりません。
でも……。先生《せんせい》も、人間《にんげん》ですから、お父《とう》さんの骨《ほね》は、ゴミ箱《ばこ》には、捨《す》てません。
やっぱり、これは、ちゃんとまた、お墓《はか》に、戻《もど》そうと思《おも》います。

……………………………。

はい。じゃあ、今日《きょう》の授業《じゅぎょう》は、ここまでにしよう。
今日《きょう》は、この後《あと》、夕立《ゆうだち》がくるって言《い》ってましたよ？　傘《かさ》は持《も》ってきた？

うん！

そう、ならいい。じゃあ、気《き》を付《つ》けてかえってね。

はーい。先生《せんせい》、さようなら。

はい。さようなら。

娘と母親の2人、ランドセルを背負い、帽子を被り、
舞台から出て、外周を歩く。
遠くから雷鳴が響く。雨音がする。
2人、傘を、さす。
雷鳴、響く。

きゃあ!
傘《かさ》に落《お》ちたら、どーしよー。

飴屋、骨壺の前で、ひとりで、歌を、唄い始める。
2人は、傘をさして、雷の中を、舞台の外周を歩く。

長《なが》い長《なが》い夏休《なつやす》みは
終《お》わりそうで終《お》わらないんだ
別人《べつじん》になる夢《ゆめ》を見《み》る
子供《こども》の頃《ころ》の顔《かお》をする
おお　イエイ　イエイ
思《おも》い出《で》は　淡《あわ》く淡《あわ》く　積《つ》み重《かさ》なれて
おお　イエイ　イエイ　イエイ
僕《ぼく》らを決《き》めつけたりする

おお、サマーサンセット
夕焼《ゆうや》け空《ぞら》
オレンジ色《いろ》した　まんまる
ドラマつまった
語《かた》りすぎた
調子《ちょうし》のいい　あの色《いろ》さ
おお　イエイ　イエイ　イエイ

ナイーヴな気持《きも》ちなんかにゃ　ならない
おお　イエイ　イエイ　イエイ
人生《じんせい》は　大《おお》げさなものじゃない

傘をさした2人、家の前についたかのように止まり、
傘をたたんで舞台の中に入っていく。
父親は、まだ唄い続ける。

チュルル　チュルル　チュルル　チュルル
チュルルル……

突然、強い雷鳴。
電気が消え、舞台は闇につつまれる。

シーン8

きゃー！
停電《ていでん》！

娘、どこからか、懐中電灯を見つけ、点ける。
舞台は、その灯りだけ。
闇の中、母親の姿を探す。

おかあさん……、
お母《かあ》さん、どこ？
お母《かあ》さん……、

いつのまにか、母親は、床に横たわっている。
娘、その、母親の姿を見つける。

懐中電灯で、母親の体を照らす。
母親、動かない。

お母《かあ》さん………、
お母《かあ》さん、寝《ね》てるの？

母親の体、動かない。
娘、母親の顔を照らす。
闇の中、母親の顔が、浮かび上がる。

お母《かあ》さん、
お母《かあ》さん、起《お》きて、
お母《かあ》さん………。

母親の体、動かない。
娘は、あきらめて、母親の体に寄り添い、寝ころび、目を閉じる。

大きさの違う、ふたりの体が、横になっている。
しばらくそのまま、時間が流れる。
再び、強い、雷鳴。
母親、入れ替わるように、むくりと起き上がり、
娘が手にしていた懐中電灯を拾い、
寝ている娘の体を上から照らす。
闇の中に浮かび上がる、
その、長さ100センチくらいの、小さな体。

この子《こ》が生《う》まれてすぐ、白《しろ》い布《ぬの》で、からだをくるんだ。
白《しろ》い、おくるみで、くるんだ。
それで、くるみ、という名前《なまえ》にしようと……。
おくるみの、くるみに、しようと……。
この子《こ》の父親《ちちおや》が言《い》った。
おくるみの、くるみ、に。

娘の体、寝返りを、打つ。
再び雷が鳴る。

私《わたし》は、朝《あさ》、学校《がっこう》に、行《い》く、20分前《ぶんまえ》に、起《お》きた。

かすかに目覚まし時計の音がする。
娘の上半身は、むくりと、起きあがる。
母親、娘の姿を、懐中電灯で照らし続ける。

朝食《ちょうしょく》は、いつも、菓子《かし》パン、だった。
菓子《かし》パンは、メロンパン、のことが、多《おお》かった。

娘、起き上がると、闇の中を、歩き始める。
母親は、娘の姿を照らし続ける。

茶色《ちゃいろ》い、ちゃぶ台《だい》の、上《うえ》には、

黄色《きいろ》い、メロンパンが、置《お》いてあった。
私は、6歳《さい》に、なった。
小学校《しょうがっこう》に、通《かよ》い始《はじ》めた。
8月《がつ》に、なった。
今《いま》は、初《はじ》めての、夏休《なつやす》み…………。

セミの声、鳴り響く。
重ねて、さきほど父親が唄っていた、
フィッシュマンズの「SLOW DAYS」が、今度は、CDで流れる。
娘、暗い中で、その曲にあわせ、ひとりで踊り始める。
母親、踊る娘の体を、懐中電灯で照らし続ける。
父親は、闇の中で、いつの間にか、ランドセルを背負い、帽子を被り、
舞台のところどころに積まれたままの、椅子の山を、崩し始める。
崩れ落ちた椅子から、別の椅子へ、
客入れ時にやっていたように、渡り歩いたり、する。

「SLOWDAYS」がフェイドアウトしていくと、
背後に、娘が、学校に提出する夏休みの課題として描いた、
「絵と字」、のスライドが投影される。
娘、スライドを1枚、1枚、見ながら、学校での発表のように、読み上げる。

シーン9

ゴキブリと、ダンゴムシ。
1年《ねん》1組《くみ》、三好《みよし》くるみ。
お父《とう》さん、これは、夏休《なつやす》みの、絵日記《えにっき》です。
用事《ようじ》が終《お》わったらみてください。
駅《えき》からの帰《かえ》り道《みち》、
道《みち》で、ゴキブリをみつけました。
道路《どうろ》に、ゴキブリがいたので、びっくりしました。
ゴキブリのあとを、ついて行《い》きました。
すると、こんどはダンゴムシが、いました。
ダンゴムシは、たくさん、いました。
ダンゴムシのオスとメスが交尾《こうび》をしていました。
あかちゃんダンゴムシも、たくさんいました。
ゴキブリは、いつのまにか、いなくなりました。

おしまい。

離れたところで、母親も、同じように、発表をする。

1年《ねん》1組《くみ》、三好愛《みよしあい》。
夏休《なつやす》みに、なりました。
セミがたくさん、鳴《な》いてます。
暑《あつ》いです。
今日《きょう》も、朝《あさ》ごはんが、菓子《かし》パンでした。
毎日《まいにち》、毎日《まいにち》、菓子《かし》パンです。
ウチの朝《あさ》ごはんが、なんで毎日菓子《まいにちかし》パンなのか、
私《わたし》には、ぜんぜんわかりません。
でも、毎日《まいにち》、菓子《かし》パンを食《た》べ、私《わたし》は、それなりに背《せ》も伸《の》びて、
それなりに、大人《おとな》になっていきました。
小学校《しょうがっこう》、中学校《ちゅうがっこう》、高校《こうこう》と、
私《わたし》は、ずっと、下関《しものせき》に、いました。

高校《こうこう》は、女子校《じょしこう》でした。
そのまま、山口《やまぐち》の短大《たんだい》で、それも、女子大《じょしだい》でした。
そうして私《わたし》は、20歳《さい》になりました。
20歳《さい》になった私《わたし》は……、
私《わたし》は、山口《やまぐち》を出《で》て、下関《しものせき》を出《で》て、
ひとりで、東京《とうきょう》に、むかいました。

雨の音がする。

シーン10

父親、舞台上に転がした、椅子の1つを拾い上げ、
母親が、立っている位置の対角線上に置き、座る。
ランドセルは背負ったまま。
母親も、父親にならって、向かい合うように、
対角線上に、椅子を1つ置き、座る。
2人、黙って、向かい合っている。
雨の音がする。
やがて、父親が、口を開く。

君《きみ》と、初《はじ》めて会《あ》ったのは、今《いま》から20年前《ねんまえ》……。
君《きみ》は、まだ、君《きみ》は、20歳《さい》だった。

母親もそれに答えていく。

交互に、やりとりは、続く。

私《わたし》は20歳《さい》だった。

何人《なんにん》かで僕《ぼく》の部屋《へや》を訪《おとず》れた、その後《あと》、
君《きみ》は、傘《かさ》を忘《わす》れたと言《い》って、ひとりでやってきた。

あなたの部屋《へや》に、行《い》った。

僕《ぼく》の部屋《へや》にあがった君《きみ》は、
勝手《かって》に僕《ぼく》の本棚《ほんだな》から漫画《まんが》を取《と》り出《だ》し、読《よ》み始《はじ》めた。

たしか、楳図《うめず》かずおの、『漂流教室《ひょうりゅうきょうしつ》』だったと思《おも》う。

『わたしは真悟《しんご》』じゃなかったっけ?

ううん、『漂流教室《ひょうりゅうきょうしつ》』。

そう、『漂流教室《ひょうりゅうきょうしつ》』か、

いずれにせよ、それは長《なが》い漫画《まんが》で、で、たしか、6巻目《かんめ》を読《よ》み終《お》えるころ、

君《きみ》は、急《きゅう》に本《ほん》をパタリと閉《と》じ、

あ！　いけね！　終電《しゅうでん》なくなっちゃった！

と、君《きみ》は言《い》った。いけね、終電《しゅうでん》なくなっちゃった。

…………………………。

それで、その夜《よる》、君《きみ》は、僕《ぼく》の部屋《へや》に、泊《と》まっていくことになった。

…………………………。

6畳《じょう》の畳《たたみ》の部屋《へや》の真《ま》ん中《なか》に、僕《ぼく》の布団《ふとん》をしいて、君《きみ》がそこに寝《ね》ていた。

君《きみ》の体《からだ》が、すぐ近《ちか》くにあった。

それで、僕《ぼく》は、僕《ぼく》たちは、その日《ひ》、はじめて、交尾《こうび》をした。

……………………。

どういう交尾《こうび》をしたか、僕《ぼく》は全《まった》く記憶《きおく》になくて、そう、記憶《きおく》になくて、
なんせ、20年《ねん》も前《まえ》のことだ、ただ、その時《とき》、君《きみ》が、黒《くろ》いパンツをはいていたこと、
なんでだか、そのことだけは、すごく覚《おぼ》えていて……。

むかつく……。

それから、その夜《よる》が雨《あめ》だったこと。

雨《あめ》の音《おと》。天井裏《てんじょううら》を、ネズミが走《はし》ってた。

その日《ひ》から、君《きみ》の体《からだ》が近《ちか》くにあるたび、僕《ぼく》らは、時々《ときどき》、交尾《こうび》をした。
交尾《こうび》を、繰《く》り返《かえ》した。でも、僕《ぼく》は、君《きみ》と結婚《けっこん》するとか、そんなつもりは全然《ぜんぜん》なく、

家族《かぞく》など、つくる気《き》もなく、というよりむしろ、つきあっているとか、恋人《こいびと》とか、恋愛《れんあい》とか、そういうことも、全然《ぜんぜん》、わからないまま、僕《ぼく》は、交尾《こうび》を繰《く》り返《かえ》した。

なんでそんなことができるか?

それが、人間《にんげん》だけがする、子供《こども》のできない、交尾《こうび》だから。

人間《にんげん》だけがする、交尾《こうび》の、やりかたで、僕《ぼく》らは、交尾《こうび》を繰《く》り返《かえ》した。

そして、そんなふうに、13年《ねん》も経過《けいか》した、ある日《ひ》、
君《きみ》は、ふと、突然《とつぜん》、こう言《い》った。

私《わたし》、子供《こども》ができる交尾《こうび》がしたくなっちゃった。


……………………。

へー! と、僕《ぼく》は驚《おどろ》いて、しかし、やっぱり、そんな風《ふう》な気持《きも》ちにはなれず。
僕《ぼく》は全然《ぜんぜん》、そんな気《き》になれず、動物《どうぶつ》のような、
そんな動物《どうぶつ》のような交尾《こうび》は、とてもおそろしくて、する気《き》には、なれず……。
しかし、そんなある日《ひ》、僕《ぼく》は、僕《ぼく》の父親《ちちおや》が、死《し》ぬのを見《み》た。
人《ひと》が、人間《にんげん》が、目《め》の前《まえ》で死《し》ぬのを、僕《ぼく》は初《はじ》めて見《み》ました。

…………………………。
まず、脳《のう》に酸素《さんそ》が行《い》かなくなるからだろう……。
体《からだ》が、体《からだ》が、こう突《つ》っ張《ぱ》って、反《そ》り返《かえ》った。それで目《め》を、くわっ、て見開《みひら》いて……。
それから、大《おお》きく息《いき》を、ふーっ、て吐《は》いて……。
それで、動《うご》かなく、なる。
同《おな》じだった。
それまで何度《なんど》も見《み》た、動物《どうぶつ》が死《し》ぬのと、同《おな》じだった。
それから父《ちち》の死《し》んだ夏《なつ》。
外《そと》で、東京《とうきょう》の街《まち》で、セミが鳴《な》くのを聞《き》いた。
毎日《まいにち》、毎日《まいにち》、セミが鳴《な》く声《こえ》を聞《き》いた。
ここで、こんな東京《とうきょう》で、人間《にんげん》ばっかりのこんな場所《ばしょ》で。
この世《よ》で。
メスさん、ここで、繁殖《はんしょく》しませんか。
この世《よ》で、繁殖《はんしょく》しませんか。

そうやって鳴《な》いてるセミの声《こえ》を聞《き》いて……。
それで、初《はじ》めて、僕《ぼく》も、子供《こども》ができる交尾《こうび》がしたくなった。

…………………。

それから、僕《ぼく》たちは、確《たし》か、4回《かい》くらい、子供《こども》が出来《でき》る交尾《こうび》をした。
その、たぶん、3回目《かいめ》か、4回目《かいめ》だったのだと思《おも》う。
受精《じゅせい》して…………

ずっと話を聞いていた娘。突然、

受精《じゅせい》!

と叫ぶ。

そう、くるみが、この子《こ》が、生《う》まれたんだ。

…………………。

この子《こ》が生《う》まれた日《ひ》、まだ家《いえ》にいるうちに、破水《はすい》して、
君《きみ》は、股《また》の間《あいだ》から、ジャージャー、羊水《ようすい》を流《なが》しながら、
産婦《さんふ》人科《じんか》の前《まえ》の、横断歩《おうだんほ》道《どう》を渡《わた》り……。
それで、分娩室《ぶんべんしつ》に入《はい》ったが、なかなかこの子《こ》は、でてこなかった。
子供《こども》を押《お》し出《だ》す力《ちから》が足《た》りないのか、いくらいきんでも、
4時間《じかん》たっても、でてこなかった、

あなたは、分娩室《ぶんべんしつ》で、のん気《き》に、ふ菓子《がし》を食《た》べていた。

いや、それはずっと一緒《いっしょ》にいきんでいたら、血糖値《けっとうち》が下《さ》がってきたからで……。

私《わたし》は、とても腹《はら》が立《た》ったのを覚《おぼ》えている。

最後《さいご》は、助産婦《じょさんぷ》さんが、君《きみ》の体《からだ》の、腹《はら》の上《うえ》にまたがって、
それで、手《て》で、君《きみ》のお腹《なか》をぐいぐい押《お》して、
それでようやく、この子《こ》がでてきた。
君《きみ》と繋《つな》がってたおへそを切《き》って、この子《こ》は、すぐに白《しろ》い布《ぬの》でくるまれた。
それで、助産婦《じょさんぷ》さんが、すぐに僕《ぼく》に、手渡《てわた》そうとした。
でも、手《て》とかぜんぜん消毒《しょうどく》とかしてないし……

ふ菓子《がし》だらけだし。

そう、いいのかな、そんな手《て》で、いいんですか？
と、助産婦《じょさんぷ》さんに聞《き》いたら、
いいんですよ、家族《かぞく》ですから。
……そう、言《い》われたのを、すごく覚《おぼ》えている。
それで、この子《こ》を受《う》け取《と》って、この手《て》で抱《だ》いた。
1たす1が、3になった……。
その時《とき》、そう思《おも》ったんだ。

それからは、この家《いえ》で、3人《にん》で、暮《く》らしている。
それから、もう、6年《ねん》がたった。

母親、ふいに、質問する。

あなたは、私《わたし》といて、幸《しあわ》せですか？

父親は、答えない。

あなたは、私《わたし》といて、幸《しあわ》せですか？

母親、繰り返す。

あなたは、私《わたし》といて、幸《しあわ》せですか？

父親、答える。

マーガレットの花《はな》を3本《ぼん》、花瓶《かびん》に生《い》けた。
花《はな》は、幸《しあわ》せですか?

……………。

駐車場《ちゅうしゃじょう》の猫《ねこ》が、子猫《こねこ》を、3匹《びき》、産《う》みました。
幸《しあわ》せですか?

……………。

今《いま》は8月《がつ》、夏休《なつやす》み。今日《きょう》も変《か》わらず暑《あつ》い。
セミの声《こえ》が聞《き》こえる。
鳴《な》いているセミは、幸《しあわ》せですか?

あなたは、これからも、3人《にん》で……

ここで3人《にん》で暮《く》らしている。
6年《ねん》たった。
今年《ことし》も、来年《らいねん》も、そのまた翌年《よくねん》も、
やっぱり夏《なつ》は暑《あつ》くて、セミが鳴《な》いて、雷《かみなり》がなって、夕立《ゆうだち》が来《き》て、
夕立《ゆうだち》が来《き》たら傘《かさ》をさして、
雨《あめ》があがって、雲《くも》の切《き》れ間《ま》から、太陽《たいよう》が顔《かお》を出《だ》して、
そしたら君《きみ》は、あわてて洗濯物《せんたくもの》を干《ほ》して。パンツはやっぱり黒《くろ》で。
幸《しあわ》せですか?

あなたは……。

籍《せき》は入《い》れなくてもいいです。
でも、3人《にん》でここで暮《く》らしていく。
君《きみ》も働《はたら》いている。
養育費《よういくひ》は、2人《ふたり》で半分《はんぶん》ずつ出《だ》し合《あ》おう。

彼女《かのじょ》の面倒《めんどう》も、半分《はんぶん》ずつ、みよう。
学校《がっこう》への送《おく》り迎《むか》えとか、朝《あさ》ごはんとか、僕《ぼく》も作《つく》るし。
いや、君《きみ》の方《ほう》が、ぜんぜん大変《たいへん》なことはわかっている、
それで半分《はんぶん》にならないことはわかっている、
だから、僕《ぼく》の食事《しょくじ》とか、もちろん全然《ぜんぜん》、つくる必要《ひつよう》は無《な》いし……。

あなたは、私《わたし》といて幸《しあわ》せですか？

そうだ、そうやって、２人《ふたり》で協力《きょうりょく》して育《そだ》てて行《い》こう。
暮《く》らして行《い》こう。
来年《らいねん》も、再来年《さらいねん》も、そのまた次《つぎ》の年《とし》も。
そうやって、月日《つきひ》はどんどん経《た》つだろう。
で、順当《じゅんとう》にいったら、僕《ぼく》の方《ほう》が、先《さき》に死《し》ぬでしょう。
僕《ぼく》が死《し》んでも、どうか、墓《はか》に入《い》れないでください。
僕《ぼく》の墓《はか》は、どうか、空《から》っぽにしてください。
僕《ぼく》の体《からだ》は、そうだ森《もり》に埋《う》めてください。

生《い》き物《もの》が、虫《むし》が、僕《ぼく》の体《からだ》を食《た》べるでしょう。
その時《とき》、食《た》べられてる、僕《ぼく》の体《からだ》は幸《しあわ》せですか？
僕《ぼく》の体《からだ》を食《た》べてる虫《むし》は、幸《しあわ》せですか？

あなたは、これからも3人《にん》で……。

今年《ことし》も、来年《らいねん》も、またその次《つぎ》の年《とし》も、
そうやって、どんどんどんどん、月日《つきひ》は流《なが》れていくだろう。
そうやって、月日《つきひ》は流《なが》れ、くるみも、あっというまに、大人《おとな》になって……
そして、また、彼女《かのじょ》も誰《だれ》かと出会《であ》い、
交尾《こうび》をして……

2人のやりとりを聞きながら、一人で遊んでいた娘、斜めになったロッカーを滑り台にして、ストン、と、地面に着地する。
着地すると、自分のお腹に、手をやる。

あ……、受精《じゅせい》してる。

娘は、そのまま、自分のお腹を、ジッと見ながら、小さな声で。

1たす1は……、3。

強い、心臓の鼓動が響く。

シーン11

背後から、母親が近づいて、娘を抱き上げ、中央の椅子に座る。
そのまま、授乳のポーズをとる。
娘は、母親に抱かれながら、そのまま眠りにつく。
2人の背後、舞台の後ろの壁に、映像が映る。
それは、真下から見上げたような、
母親の、さらけだされた胸部の映像である。
娘を抱いた姿勢で、母親が、語りだす。

おなかがすいた。
おなかがすいた。
おなかがすいた。
おなかがすいた。
おなかがすいた。

おかあさんの、おっぱいを、探《さが》した。
わたしの目《め》は、この時《とき》30センチ先《さき》しか、見《み》えなかった。
まだ、寝返《ねがえ》りも打《う》てない。
はいはいも、できない。
ただ　おかあさんの胸《むね》に、しがみつき、
黒《くろ》い乳首《ちくび》を、探《さが》すことしかできない。
だから、30センチでじゅうぶんだった。

映像の中、カメラは、徐々に、乳首に近づいていく。
乳首が、画面いっぱいに、映し出される。

乳首《ちくび》を見《み》つけた。
唇《くちびる》が、乳首《ちくび》に届《とど》いた。
歯《は》ぐきで、乳首《ちくび》をギュッと噛《か》んだ。
それから、強《つよ》く、吸《す》った。
口《くち》の中《なか》に、おっぱいの味《あじ》がひろがる。

カメラは、そこから、上を捉える。
母親の、首、あご、唇、鼻、
そして、やがて、目が映し出される。

上《うえ》を見上《みあ》げた。
30センチ先《さき》に、おかあさんの顔《かお》があった。
おかあさんの、目《め》が、見《み》えた。
おかあさんは、わたしを見《み》ている。

眼球が、大きく、映し出される。

その目《め》の、すみに、ぼんやりと、人影《ひとかげ》が、映《うつ》っている。
母《はは》の目《め》が、
チラリと、その人影の方を、見た。

映像の中の、大きな眼球が、動く。
どこかを、見ている。

映像の中の眼球が見た、その視線の先には、
この劇場の、音響の操作室がある。
父親はそこで、この演劇の音響を担当している。
映像の中の眼球が、父親の姿を捉えると、
父親は立ち上がり、それに答えるかのように、
黙って、両手を上げる。

それは、そこに居ることのサインのようにも見える。
万歳と、なにかを祝福したのだろうか。
なにかに降伏したのだろうか、
顔は、下を見たままなので、よくわからない。
気づくと、娘を抱いている母親も、その父親の方を、見ている。

やがて、映像の中の眼球は、また、下を見る目線に変わる。
娘を抱いている母親は、まだ、父親の方を、見ている。
遅れて、母親の顔は、正面に戻る。

それから、母《はは》の目《め》は　また私《わたし》の顔《かお》に戻《もど》った。
これは、今《いま》、
生《う》まれて3ケ月目《かげつめ》の私《わたし》が、見《み》ている光景《こうけい》、
もちろん、人《ひと》は、生《う》まれて3ケ月目《かげつめ》のことを、
覚《おぼ》えてることなど、できない。
だから、私《わたし》はこれから、今《いま》、見《み》ている光景《こうけい》を、忘《わす》れる。
誰《だれ》もが忘《わす》れるように、忘《わす》れる。

背後の映像、薄らぎ、やがて、消える。
画面は、真っ白になる。

でも、いつか私《わたし》が大人《おとな》になった時《とき》、

こんな姿勢《しせい》で、
こんな姿勢《しせい》で、
この日見《ひみ》た、
あの、人影《ひとかげ》を、
きっと、つくり話《ばなし》のように、
思《おも》い出《だ》す。
つくり話《ばなし》のように、
思《おも》い出《だ》す。

母親、娘の体を、そっと、椅子の上におろす。
父親、音響室を出て、近づいてくる。
手には、ダンボールでできたゴーカートのような、車を持っている。
車を床に置くと、娘を中に座らせる。
娘は目を覚まし、車の中で、ダンボールのハンドルを握る。
そして。運転してる真似事のように、体を左右に動かす。

母親は、それを見届けると、
舞台の後ろに回り、哺乳瓶で、ミルクを飲み始める。

父親は、舞台の後ろに回り、
四角い、箱の中に、
逆立ちしながら自分の体を無理やり入れようとする。
なかなかうまく入らない。
やがて、箱の中で、逆立ちをした形で、止まる。

娘は、一人で正面を向き、
車の中で、体を、左右に大きく、揺らし続ける。

（終）

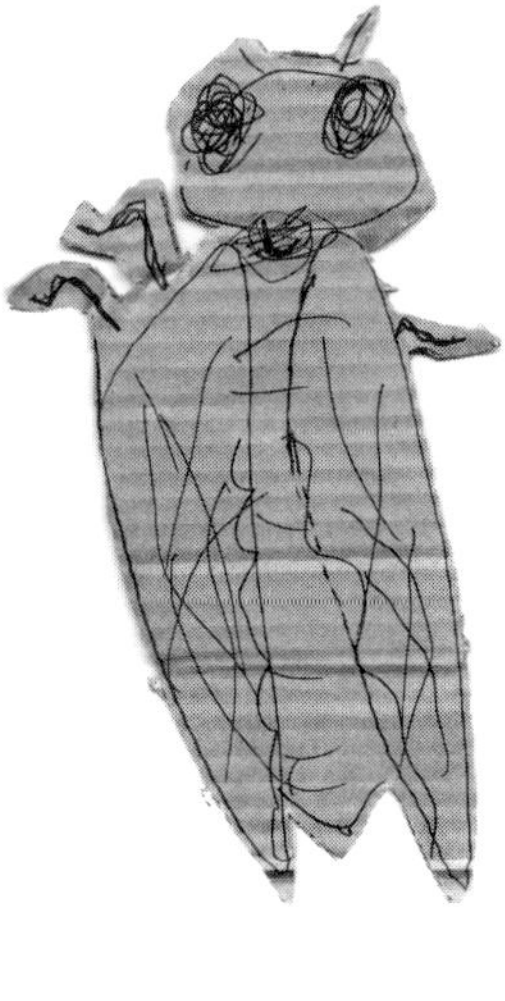

上演記録

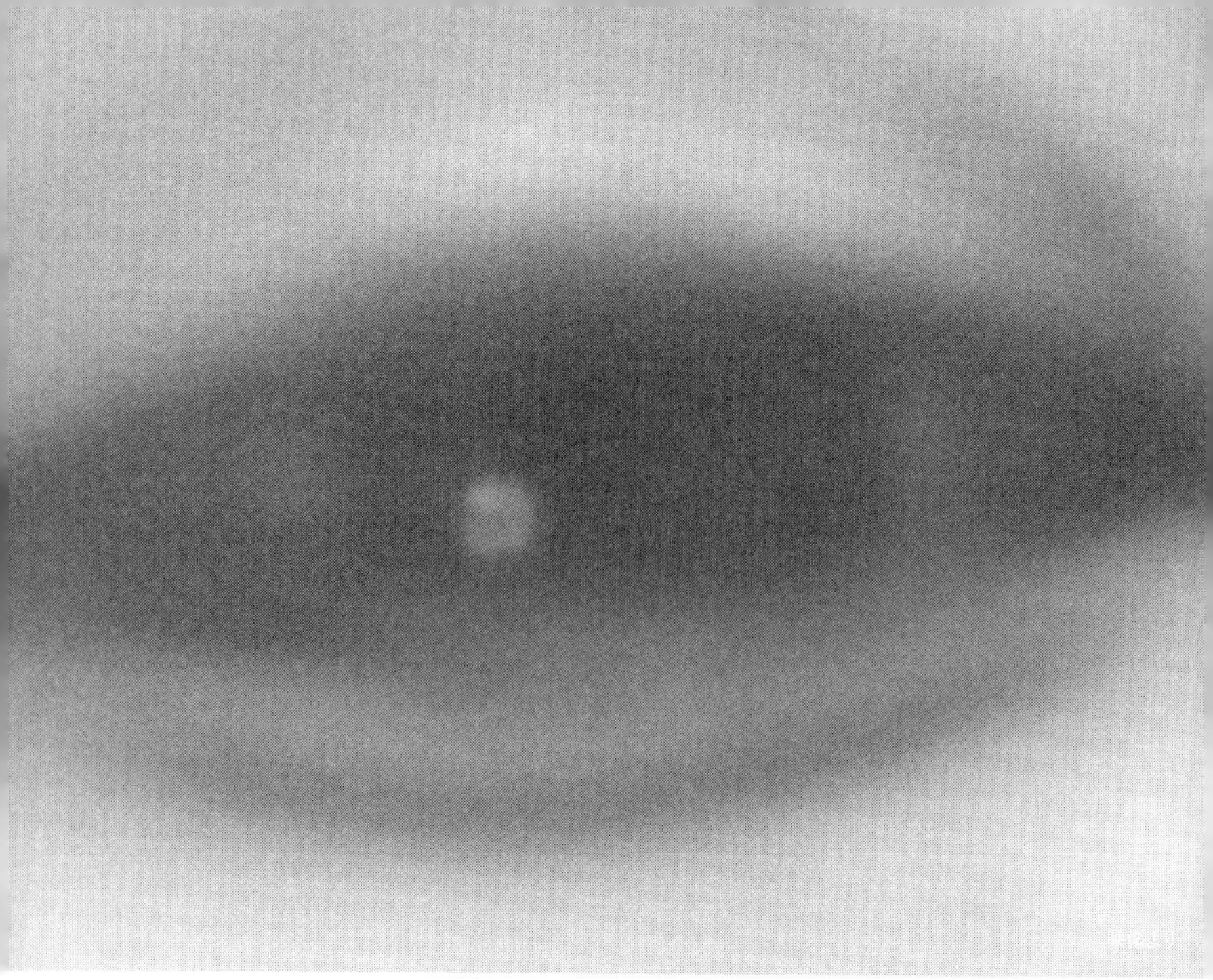

「教室」

TACT／FEST 2013 親子で見れる児童演劇

［日　　程］ 2013年8月7（水）〜11日（日）
全8公演
［会　　場］ 大阪阿倍野 LOXODONTA BLACK
［上演時間］ 65分
［料　　金］ 大人（高校生以上）3000円
子供（中学生以下）無料 ※大人1名につき2名まで
［対象年齢］ 8歳以上
［総観客数］ 463人

［出　　演］ コロスケ
くるみ
飴屋法水

映像より

［作・演出］　飴屋法水
［プログラムディレクター・制作］　樺澤良
［制作助手］　森澤友一朗
［舞台監督］　定平翔
［美術・音響］　飴屋法水
［照　　明］　池辺茜
［映像制作］　池田野歩
［演出助手］　西島亜紀
［小 道 具］　太田志帆
［協　　力］　村田麗薫、福島県立いわき総合高等学校
［主　　催］　大阪国際児童青少年アートフェスティバル実行委員会

著者略歴

飴屋法水〔あめや・のりみず〕

1961年山梨県生まれ、神奈川県育ち。唐十郎主宰の状況劇場を経て、東京グランギニョル、M. M. M. を結成し、機械と肉体の融合を図る特異な演劇活動を展開。90年代は活動領域を美術へと移行するも、95年のヴェネツィア・ビエンナーレ参加後に作家活動を停止。同年に「動物堂」を開店し、動物の飼育・販売を始める。2005年、24日間箱の中に自身が入り続ける「バ　ング　ント」展で美術活動を、07年に平田オリザ作『転校生』の演出で演劇活動を再開。他の主な演出作品に、多田淳之介作『3人いる！』、サラ・ケイン作『4・48 サイコシス』、『わたしのすがた』、野外劇『じ　め　ん』など。

この戯曲を上演したいと思われた方は、地名・人物名、それにもとづく会話など、自由に改変してくださってかまいません。この戯曲を上演したいと思われた、その理由が残されていれば、それでじゅうぶんと考えています。（著者）

ブルーシート

Blue Sheet

飴屋法水

２０１４年４月30日　第１刷発行
２０２１年３月11日　第５刷発行

著者——飴屋法水
編集——和久田頼男
装丁——大岡寛典事務所
発行者——及川直志
発行所——株式会社 白水社
〒１０１-００５２
東京都千代田区神田小川町三の二四
電話　０３-３２９１-７８１１（営業部）
　　　０３-３２９１-７８２１（編集部）
振替　００１９０-５-３３２２８
www.hakusuisha.co.jp
印刷——株式会社理想社
製本——株式会社松岳社
乱丁・落丁本は送料小社負担にてお取り替えいたします。
ISBN978-4-560-08362-8　Printed in Japan
『ＳＬＯＷ ＤＡＹＳ』（作詞・作曲＝佐藤伸治）ＪＡＳＲＡＣ 出 １４０４３６２-４０１